Goosebumps®

Goosebumps®

Goosebumps®

雞皮疙瘩 14

木偶驚魂 II

Night of the Living Dummy II

R.L. 史坦恩（R.L.STINE）◎著

柯清心◎譯

致台灣讀者

讀者們，請小心……

我是Ｒ．Ｌ．史坦恩，歡迎到「雞皮疙瘩」的可怕世界裡來。

你是否曾在深夜裡聽到過奇怪的嚎叫？你是否曾在黑暗中聽到腳步聲——卻根本看不到人？你是否見過神祕可怖的陰影，幽幽暗處有眼睛在窺視著你，或者身後有聲音叫你的名字？

如果是這樣，你應該了解那種奇特的發麻的感覺——那種給你一身雞皮疙瘩、被嚇呆的感覺。

在這些書裡，幽靈在閣樓上竊竊低語；膽顫心驚的孩子忽而隱形；稻草人活了，在田野裡走來走去；木偶和布娃娃也有生命，到處嚇人。

當然，這些都是磨礪心志的好玩的嚇人事。我希望你們感到害怕，同時也希望你們大笑。這都是想像出來的故事。當然，最可怕的地方在你們自己心裡。

過個害怕的一天吧！

RL Stine

出版緣起

人生從奇幻冒險開始

城邦媒體集團首席執行長　何飛鵬

我的八到十二歲是在《三劍客》、《基度山恩仇記》、《乞丐王子》中度過的。可是現在的小孩有更新奇的玩具、電玩、漫畫，以及迪士尼樂園等。

八到十二歲，正是孩子從字數極少、以圖畫爲主的繪本閱讀，跨越到漸漸以文字閱讀爲主的時期。也正是訓練孩子從圖像式思考，轉變成文字思考的重要階段。在這個階段，養成長期的文字閱讀習慣，能培養孩子敘事、分析、推理的邏輯思辨能力，奠定良好的寫作實力與數理學力基礎。

然而，現在的父母擔心，大環境造成了習於圖像、不擅思考、討厭文字的一代。什麼力量能讓孩子重回閱讀的懷抱呢？

全球銷售三億五千萬冊的「雞皮疙瘩」，正是爲了滿足此一年齡層的孩子的需求而誕生的！

無論是校園怪奇傳說、墓地探險、鬼屋驚魂，或是與木乃伊、外星人、幽靈、吸血鬼、殭屍、怪物、精靈、傀儡相遇過招，這些孩子們的腦袋裡經常出現的角色或想像，經由作者的生花妙筆，營造出一個個讓孩子們縱橫馳騁的魔幻時空、光怪陸離的神奇異界，經歷各種危急險難，最終卻又能安全地化險爲夷。這樣的冒險犯難，無論男孩女孩，無不拍案稱奇、心怡神醉！

本系列作品被譯爲三十二種語言版本，並在全球數十個國家出版，創下了出版史上多項的輝煌紀錄，廣受世界各地孩子的喜愛。作者史坦恩表示，這套作品之所以成功，是因爲多年的兒童雜誌編輯工作，讓他對兒童心理和兒童閱讀需求有了深刻理解——他知道什麼能逗兒童發笑，什麼能使他們戰慄。

我們誠摯地希望臺灣的孩子也能和世界上其他的孩子一樣，有更豐富多元的閱讀選擇。更希望藉由這套融合驚險恐怖與滑稽幽默於一爐，情節緊湊又緊張的「雞皮疙瘩系列叢書」，重拾八到十二歲孩子的閱讀興趣，從而建立他們的閱讀習慣，擁有一個快樂學習的童年。

現在，我們一起繫好安全帶，放膽體驗前所未有的驚異奇航吧！

專文推薦

戰慄娛人的鬼故事

國立臺北教育大學語文與創作系兒童文學教授
廖卓成

這套書很適合愛看鬼故事的讀者。

文學的趣味不止一端，莞爾會心是趣味，熱鬧誇張是趣味，刺激驚悚也是趣味。有人擔心鬼故事助長迷信，其實古典小說中，也有志怪小說一類，《聊齋誌異》就有不少鬼故事。何況，這套書的作者開宗明義的說：「這都是想像出來的故事」，不必當眞。

既然恐怖電影可以看，看鬼故事似乎也無妨；考試的書讀久了，偶爾調劑一下，對頭腦卻是有益。當然，如果看鬼片會連續失眠，妨害日常生活，那就不宜勉強了。

雋永的文學作品，應該有深刻的內涵；但不少兒童文學作品說教有餘，趣味不足。只要有趣味，而且不是害人爲樂的惡趣，就是好的作品。鮑姆（Baum）在《綠野仙蹤》的序言裡，挑明了他寫書就是爲了娛樂讀者。

倒是內行的讀者，不妨考校一下自己的功力，留意這套書的敘事技巧，由主角「我」來講故事，有甚麼效果？書中衝突的設計與化解，是否意想不到又合情合理？能不能有不同的設計？會不會更好？這是另一種引人入勝之處。

導讀

結局只是另一場驚嚇的開始

耿一偉
臺北藝術節藝術總監
臺北藝術大學戲劇系兼任助理教授

不知道大家還記不記得，小時候玩遊戲，比如捉迷藏等，都會有一個人要當鬼。鬼在這個遊戲中很重要，沒有鬼來捉人，遊戲就不好玩。這些遊戲的關鍵特色，不是人要去消滅鬼，而是要去享受人被鬼追的刺激樂趣。所以當鬼捉到人後，不是遊戲就結束，而是下一個人要去當鬼。於是，當鬼反而是件苦差事，因為捉人沒有樂趣，恨不得趕快找人來替代。所以遊戲不能沒有鬼，不然這個遊戲就不好玩了。

在史坦恩的「雞皮疙瘩系列」中，這些鬼所扮演的角色也是類似遊戲中的鬼，給我帶來閱讀與想像的刺激。各位讀者如果留意一下，會發現在他的小說中，都有一個類似的現象，就是結局往往不是一個對抗式的終局，一種善惡誓不兩立，以消滅魔鬼為最終目標的故事——這比較是屬於成人恐怖片的模式，不是你死，就是人類全部變殭屍。但「雞皮疙瘩系列」中，你的雞皮疙瘩起來了，可是結尾的時候，鬼並不是死了，而是類似遊戲一樣，這些鬼換了另一種角色，而且有下一場遊戲又要繼續開始的感覺。

礙於閱讀的樂趣，我無法在此對故事結局說太多，但各位看完小說時，可以再回想我在這裡說的，就知道，「雞皮疙瘩系列」跟遊戲之間，的確有類似性。換另一個角度來看，這些主角大多為青少年，他們在生活中碰到的問題，如搬家面對新環境、男生女生的尷尬期、霸凌、友誼等，都在故事過程一一碰觸。

「雞皮疙瘩系列」令人愛不釋手的原因，也在於表面上好像主角是鬼，但讀到一半，你會感覺到，故事的重點不知不覺地從這些鬼怪轉移到那些被追的青少年身上，鬼可不可怕不是重點，重點是被追的過程中，一些青少年生活中的苦悶，也被突顯放大，甚至在故事中被解決了。所以你會在某種程度感受到，這本書的內容是在講你，在講你的生活，在講你的世界，鬼的出現，只是把這些青春期的事件給激化了。

另一個有趣的現象，是從日常生活轉入魔幻世界的關鍵點，往往發生在父母不在身邊，然後主角闖入不熟識空間的時候——比如《魔血》是主角暫住到姑婆家、《吸血鬼的鬼氣》是闖入地下室的祕道、《我的新家是鬼屋》是新家的詭異房間……等等。

因爲誤闖這些空間，奇怪的靈異事件開始打斷平凡無趣的日常軌道，一段冒險展開了，一場你追我跑的遊戲開始進行，而父母們往往對此毫無所悉，不知道自己的兒女在故事結束時，已經有所變化，變得更負責任，更勇敢。

「雞皮疙瘩系列」的意義，也在這個地方。在平凡無奇充滿壓力的青春期校園生活中，有那麼多不快樂、有那麼多鬼怪現象在生活中困擾著我們，但這無法跟家長說，因爲他們不能理解，他們看不到我們看到的。但透過閱讀，透過想像力所引發的鬼捉人遊戲，這些不滿被發洩，這些被學校所壓抑的精力被釋放了。

幸好有這些鬼怪的陪伴，日子不再那麼無聊，世界可以靠自己的力量改變。終究，在青少年的世界裡，鬼怪並不是那麼可怕，在史坦恩的小說中，也往往會有主角最後拯救了這些鬼怪的情形，彷彿他們不是惡鬼，而比較像誤闖人類世界的外星人……這也是青少年的焦慮，他們正準備降臨成人世界，這件事讓他們起了雞皮疙瘩！！

這句英文怎麼說

這是一個禮拜中最重要的一晚。
It's the most important night of the week.

1.

我叫愛梅．克拉瑪。每個禮拜四晚上，我都會覺得自己很驢，因為週四是家裡的「家庭分享之夜」。

莎拉和傑德也覺得這件事很蠢，不過爸媽對我們的牢騷根本充耳不聞。

「這是一個禮拜中最重要的一晚。」老爸如是說。

「這是咱們家的傳統，」老媽補充道：「將來你們會永遠記得的。」

是啊，老媽，我是打死也不會忘記的，因為分享之夜實在太痛苦、太尷尬了。

你大概已經猜到，克拉瑪家的每位成員在家庭分享之夜都得跟其他家人一起做分享。

對我老姊莎拉而言，事情也許沒那麼糟。莎拉十四歲了——大我兩歲——她

是個天才畫家。眞的喲，莎拉有一幅作品被城裡的美術館選去展覽了，明年也許她會去念美術高中。

所以莎拉總是跟我們分享她正在進行的素描或新作。

對傑德來說，分享之夜也還算不賴。我這個十歲的老弟神經兮兮的，根本不在乎分享內容。有一次週四晚上，他打了個轟天原子嗝，還厚著臉皮解釋說他是在分享他的「晚餐」。

講完後，他自己「哈哈哈」笑得跟瘋子一樣。

但爸媽可不覺得好笑，兩人板著臉，訓示傑德要正視家裡的分享之夜。

隔週週四的晚上，我這個冥頑不靈的弟弟把我同學大衛·米勒寫給我的紙條拿出來跟大家分享。那是很私密的信哪！傑德在我房裡找到後，決定跟所有人「共賞奇文」。

很棒吧？

我巴不得一頭撞死！眞的。

傑德自以爲可愛又得寵，做什麼都可以不必負責。他以爲自己眞的很特別。

這句英文怎麼說

分享之夜我的麻煩最大。
I'm the one with the most problems on Family Sharing Nigh

我想那是因爲他是家裡唯一紅頭髮的人吧。莎拉和我的頭髮都又黑又直，眼睛深綠，皮膚銅黑。白晰的傑德一臉雀斑、一頭紅色卷髮，看起來簡直像別人家抱來的！

有時莎拉和我都希望他不是咱們家土產的。

反正啦，分享之夜我的麻煩最大，我不像莎拉那麼有才氣，又不像傑德那麼賴皮，所以我從來不知道要分享什麼。

其實我有蒐集貝殼啦，我放在瓶子裡，收在櫃子中，可是拿著貝殼嘰哩呱啦講一通，你不覺得很無聊嗎？而且我們幾乎兩年沒去海邊了，所以我的貝殼都已經舊了，大家都看過了。

我還蒐集了不少ＣＤ，可是我們家其他人喜歡的是巴布．馬利（註）和雷鬼音樂，我要是跟他們分享我的音樂，他們就會摀著耳朵大吐苦水，直到我把音樂關掉爲止。

所以我常常只是胡亂編個故事——某個女孩歷經種種危難的冒險故事，或公主變成老虎之類的怪誕神話。

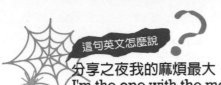

上次講完故事後，老爸臉上綻開大大的笑容。「咱們愛梅將來會變成名作家喲，」他說：「她實在很會編故事。」爸環視房間，笑嘻嘻的大聲說道：「我們家的人實在太有才氣啦！」

我知道他那麼說只是爲了當個好老爸，「鼓勵」小妹我而已。莎拉才是家裡眞正的才女，這點大家都很清楚。

今晚由傑德率先分享。爸媽坐在客廳沙發上，老爸拿了一張衛生紙，斜眼擦著自己的眼鏡，他受不了眼鏡上有一絲絲髒污，一天總要清上二十來次。

我坐在牆邊的棕色大扶手椅裡，莎拉盤腿坐在我椅邊的地毯上。

「你今晚要分享什麼？」媽媽問傑德：「希望你別再打那種恐怖的嗝了。」

「噁心死了！」莎拉咕噥道。

「妳的臉才噁心咧！」傑德頂回去，一邊對莎拉吐舌頭。

「傑德，拜託、拜託——今晚就饒了我們吧。」爸低聲說著，並把眼鏡戴回去，在鼻樑上稍做調整。「別惹麻煩。」

「是她先開始的。」傑德指著莎拉堅持的說。

這句英文怎麼說

莎拉盤腿坐在我椅邊的地毯上。
Sara sat cross-legged on the carpet beside my chair.

我嘆口氣告訴傑德：「你就分享就對了嘛。」

「我想分享你的雀斑。」莎拉對他說：「我要把它們一個個撕下來，餵給喬治吃。」

莎拉和我哄聲大笑。

喬治連眼睛都沒抬一下，牠蜷縮在沙發邊的地毯上睡覺。

「不好笑，兩位女士。」媽媽罵道：「不可以對弟弟這麼凶。」

「今晚是全家團聚的時刻啊，」爸爸哀聲說：「我們就不能和睦相處嗎？」

「我們有啊！」傑德堅持說道。

爸爸皺眉搖搖頭，每次他那樣做時，看起來就像隻貓頭鷹。「傑德，你有什麼要分享的嗎？」他虛弱的問。

傑德點頭回答：「有的。」

老弟站到房間中央，把手插到牛仔褲口袋裡。他那條牛仔褲又鬆又寬，大了差不多十號，隨時一副要掉下來的樣子，傑德覺得這樣很酷。

「我——呃——我會用手指吹口哨。」他宣稱。

「哇！」莎拉嘲諷的讚歎。

傑德不理她，他從口袋抽出手來，把兩根小拇指塞到嘴邊兩側，吹出一記又長又尖的哨音。

他又吹了兩次，然後深深一鞠躬，全家爆出熱烈的掌聲。

傑德笑呵呵的咧著嘴，再次鞠了個躬。

「我們家的人眞是太多才多藝了！」爸說，這回他是開玩笑的。

傑德一屁股坐到喬治旁邊的地板上，把可憐的喬治貓給嚇醒了。

「接下來換妳，愛梅。」媽轉頭對我說：「妳還要給我們講故事嗎？」

「她的故事太長了啦！」傑德抱怨。

喬治搖搖擺擺的站起來，離開傑德幾呎，一邊打呵欠，一邊趴在媽咪腳邊。

「我今晚不講故事。」我大聲說道，然後從後面椅子上拿起丹尼斯。

莎拉和傑德雙雙哀叫起來。

「喂——別這樣好不好！」我大聲嚷道，並在椅子邊坐定，把木偶放到大腿上。「我想今晚我就跟丹尼斯說說話吧。」我對爸媽說。

這句英文怎麼說

我已經用丹尼斯練了一整個星期了。
I'd been practicing with Dennis all week.

兩位老人家臉上似笑非笑的，不過我不在乎，我已經用丹尼斯練了一整個星期了，我想試試用丹尼斯表演新的喜劇。

「愛梅的口技表演超爛的，」傑德插嘴說：「觀眾可以看到她的嘴巴在動耶。」

「安靜啦，傑德，我覺得丹尼斯挺有趣的。」莎拉說著跑到沙發旁邊，好看得清楚些。

我讓丹尼斯在左膝上坐穩，然後用手指抓好它脖子上控制嘴部的線繩。丹尼斯是個很舊的口技表演用木偶，它臉上的漆都褪色了，有一隻眼睛幾乎已經磨白，身上的套頭毛衣也又破又舊。

不過我玩得非常帶勁，每次我那幾個五歲的表弟、妹來我家時，我就拿丹尼斯逗他們開心。他們又叫又笑，覺得我三八極了。

儘管傑德頗有怨言，但我覺得自己操縱丹尼斯越來越順手了。

我深吸了一口氣，看著爸媽，然後開始表演。

「你今晚還好嗎，丹尼斯？」我問。

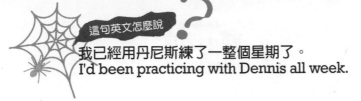

「不怎麼好。」我讓木偶用尖高的聲音回答，那是丹尼斯的聲音。

「眞的呀，丹尼斯？你怎麼啦？」

「我覺得我好像有頭蝨。」

「你是說你頭溼掉了？」我問它。

「不是啦，是長蟲了！」

爸媽笑了，莎拉微微淺笑，傑德則大聲呻吟。

我轉頭看著丹尼斯，「你有沒有去看醫生呀？」我問它。

「沒有，我去找了理髮師！」

爸媽聽了笑了笑，可是沒笑出聲來。傑德又是一陣呻吟，莎拉把指頭伸到喉嚨裡，做嘔吐狀。

「沒人喜歡這個笑話耶，丹尼斯。」我告訴它。

「誰在開玩笑？」丹尼斯問。

「一點都不好笑。」我聽見傑德悄悄對莎拉這麼說，老姊也點頭表示同意。

「咱們換個話題吧，丹尼斯。」我把木偶換到另一邊膝蓋上，「你有沒有女

這句英文怎麼說

你答應過要買新木偶給我的！
You promised you'd buy me a new dummy!

朋友？」

我讓它的身體往前傾，想讓它點頭，可是它的頭卻從肩膀上滾了下來。木製的頭顱重重的敲在地上，彈向貓咪，喬治「喵」的一聲一躍而起，飛竄而去。

莎拉和傑德笑得東倒西歪，還互相擊掌。

我氣得跳起來尖叫：「爸！你答應過要買新木偶給我的！」

傑德奔過地毯拾起丹尼斯的頭，然後拉動線繩，讓木偶動著嘴。

「愛梅發火囉！愛梅發火囉！」傑德不斷重複說道。

「還我啦！」我憤憤的從傑德手上奪下丹尼斯的頭。

「愛梅發火囉！愛梅發火囉！」傑德繼續說。

「夠了！」媽大吼一聲，從沙發上跳下來。

傑德退回牆邊。

「我去店裡看過新的木偶，」爸爸說著，再次摘下眼鏡貼在面前檢查：「可是都好貴。」

「這樣我的技巧哪有辦法進步？」我問：「每次一用，丹尼斯的頭就掉下來！」

「妳就將就著用吧。」媽說。

這話是什麼意思？我最討厭老媽這樣說了。

「我們應該把家庭分享之夜改成週四大戰之夜。」莎拉宣稱。

傑德揚起拳頭。「想打架嗎？」他問莎拉。

「輪到妳了，莎拉。」媽回答，一邊瞇眼瞪著傑德。「妳今晚要分享什麼？」

「我有幅新的畫作，」莎拉表示：「是水彩畫。」

「妳畫什麼？」爸爸說著又把眼鏡戴回去。

「記得幾年前的夏天我們在緬因州住的那棟小木屋嗎？」莎拉說著，把黑直的頭髮甩到後邊，「那個可以俯視黑石絕壁的木屋？我找到一張小木屋的照片，就試著把它畫出來。」

我非常氣極敗壞，我承認自己很嫉妒莎拉。

人家就要拿另一幅美麗的水彩畫與大家分享了，而我卻只能在大腿上滾動一

這句英文怎麼說

我率先沿著走廊走去。
I led the way down the hall.

個蠢斃了的木偶頭。

這太不公平了！

「你們得到我房間去看，」莎拉說：「畫還沒乾。」

大家站起來魚貫走入莎拉房裡。

我家是棟長長的農場式平房，傑德和我的房間在走廊盡頭，客廳、餐廳和廚房在中間，莎拉和爸媽的房間則位於房子另一端的走廊底。

我率先沿著走廊走去，莎拉在後邊一直嘰哩呱啦的解釋這幅畫難度有多高、她又是如何解決種種問題的。

「我對木屋的印象很深。」爸說。

「我等不及要看畫了。」媽說。

我走進莎拉房裡打開燈。

我將窗邊擺放畫作的畫架轉過來——然後大聲尖叫。

註：Bob Marley 巴布・馬利，雷鬼音樂之父。

2.

我嚇得張大了嘴，直盯著畫，半句話也說不出來。

莎拉一看到畫，也跟著尖叫：「怎……怎麼會這樣！這是誰做的？」

有人在她的畫作角落畫了一張又黃又黑的笑臉，那張臉就畫在黑色絕壁的中央。爸媽走到畫架前，臉色十分難看。他們研究了一下那張笑臉，然後轉身看著傑德。

傑德仰頭大笑：「喜歡嗎？」他故做天眞的問。

「傑德，你怎麼可以這樣！」莎拉暴跳如雷的說：「我要宰了你！我是說眞的！」

「圖太暗了嘛，」傑德聳聳肩解釋道：「我想把畫弄得明亮一點。」

這句英文怎麼說

別偷跑進來破壞我的作品！
Don't sneak in here and mess up my work!

「可……可……可是……」老姊的舌頭結成一團，她握著拳，揮向傑德，同時憤怒的大吼一聲。

「傑德——你到莎拉房裡做什麼？」老媽問道。

莎拉不喜歡別人不請自來的進她的寶貝房間。

「小子，你很清楚你是不准碰你姊姊的圖的。」爸罵道。

「我也會畫畫耶。」傑德回答：「我是個不錯的畫家喲。」

「那就畫你自己的圖！」莎拉大吼：「別偷跑進來破壞我的作品！」

「我又不是偷跑進來的。」傑德堅稱，他還嘲諷莎拉：「我只是想幫幫忙而已。」

「幫你個頭啦！」莎拉尖聲罵道，忿恨的把頭髮甩到肩後，「你把我的畫弄壞了！」

「妳的畫難看死了！」傑德頂回去。

「夠了！」媽大吼一聲，抓住傑德的肩膀：「傑德——看著我！你好像不明白事態有多嚴重，這是你最惡劣的一次行爲！」

傑德終於不再嘻皮笑臉了。

我又瞄了一下他塗在莎拉畫作上的醜陋笑臉；傑德是么子，他總以爲天大的事都能打混過去。

不過我知道這回他做得太過火了。

莎拉畢竟是家裡的明星、家裡的才女，人家的大作可是掛在美術館裡呢。動手動到莎拉的寶貝畫作上，傑德這回死定了。

莎拉很寶貝她的畫作，有幾次我也想過要在她的大作上畫個幾筆，可是我當然只敢想想而已，從來不敢眞的在太歲頭上動土。

「你不用嫉妒姊姊的作品。」爸告訴傑德說：「我們家的人都很有才藝。」

「噢，是啊。」傑德咕噥道。他就是有這種怪毛病，每次惹麻煩，死都不肯道歉，反而會惱羞成怒。「那你有什麼才藝啊，爸？」傑德不客氣的問。

爸咬咬牙，瞇起眼睛看著傑德。「我們要討論的不是我，」他沉聲說道：「不過我告訴你，我的才藝是做中國菜，你明白嗎，才藝有很多種的，傑德。」

爸自認是「炒鍋王」，每週有一、兩次，他會把一堆蔬菜切成小小片，用媽

這句英文怎麼說

莎拉很寶貝她的畫作。
Sara is so stuck-up about her paintings.

媽耶誕節送他的炒鍋炒菜。

大家都假裝那是人間美味。

反正沒必要傷老爸的心嘛。

「你們到底要不要處罰傑德？」莎拉尖著嗓子問。

她已經打開水彩盒，用筆在沾黑色顏料了。接著她振筆忿恨的將笑臉塗掉。

「是啊，傑德是該罰。」媽媽怒目瞪著傑德回答，老弟垂眼望著地板。「首先，他得跟莎拉道歉。」

大家全都在等著。

過了一會兒，傑德才終於吐出一句：「對不起，莎拉。」

正當他要離開房間時，又被老媽抓住肩頭拉了回來。

「別急著走，傑德。」媽告訴他：「我們罰你星期六不准和喬許及麥特去看電影，還有……一個星期不許打電玩。」

「媽──饒了我吧！」傑德哀求。

「你的行徑實在太惡劣了。」媽正色道：「這次處罰也許能讓你明白這麼做有多不應該。」

「可是我一定得去看電影啊！」傑德抗議。

「不准。」媽輕聲答道：「不許跟我吵，否則處罰加重。現在回你房間去吧。」

「我覺得罰得太輕了。」莎拉塗著畫說。

「沒妳的事，莎拉。」媽媽斥責道。

「是啊，沒妳的事。」傑德嘀咕著踱步離開，穿過長長的走廊回自己房間。

爸爸嘆了口氣，用手撫著禿掉的頭，難過的說：「家庭分享時間結束。」

我暫時留在莎拉房裡看她搶救畫作，只聽她又是搖頭又是嘆氣的。

「我得把岩石畫得更黑一點，要不然遮不住那個愚蠢的笑臉。」她鬱鬱的解釋說：「不過，如果岩石畫得暗些，天空的顏色就得改了，整幅畫的平衡感都被破壞掉了。」

「我覺得看起來很好嘛。」我告訴她，想要逗她開心。

「傑德怎麼可以那樣！」莎拉說，她拿畫筆在水罐裡沾著，「他怎麼可以偷溜進來，把一幅藝術品破壞成這樣！」

這句英文怎麼說

瑪歌的爸爸叫她別再講電話了。
Margo's dad made her get off the phone.

我爲莎拉感到難過，可是她那句話使我所有的同情頓失。我是說，她爲什麼不說「水彩畫」就好？非得說那是「藝術品」不可？

有時候她實在自我膨脹得令人作嘔。

我轉身離開房間，莎拉壓根兒沒注意到。我越過走廊回到自己房裡，然後打電話給我的朋友瑪歌。我們東拉西扯了一會兒，約好隔天碰個面。

我在講電話時，可以聽見隔壁房間傑德的動靜，他在來回踱步，乒乒乓乓的大聲摔東西。

有時候我眞覺得他是紅孩兒再世。

瑪歌的爸爸叫她別再講電話了，她爸超嚴格的，從不讓她講電話超過十或十五分鐘。

我晃進廚房裡，幫自己弄了一碗甜玉米片，這是我最愛吃的宵夜。小時候每晚上床前我一定得吃一碗，這個習慣一直沒改。

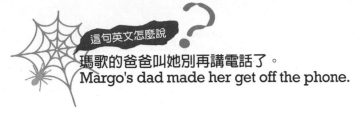

我把碗沖洗乾淨，跟爸媽道過晚安，然後上床睡覺。

這是個溫暖的春夜，微風輕輕掀動窗邊的簾子，碩大的半圓月散射著蒼白的銀光，灑滿整片窗戶，投射在地板上。

我的頭才沾到枕頭，便沉沉的睡著了。

一會兒之後，我被某個東西吵醒，但我不確定是什麼東西。

我在寤寐中勉強張開眼睛，從枕頭上坐起來，掙扎著想看個清楚。

窗簾拍在窗戶上。

我覺得自己還在睡夢裡。

可是看到窗戶上的東西後，我便驚醒了。

簾子在一陣翻騰後，飄了開來。

銀色的月光下，赫然出現一張臉，一張醜陋而帶著獰笑的臉。

那張臉出現在我臥房的窗口上，在暗夜中瞪視著我。

這句英文怎麼說

我把翻動的窗簾拉開。

I pushed away the billowing curtains.

3.

窗簾再次掀動，但那張臉並未移動。

「誰——？」

我幾乎講不出話，只能緊緊的把床單拉到下巴上。

那對冷漠的眼睛瞅著我，眨都不眨一下。

那是木偶的眼睛。

丹尼斯。

丹尼斯直楞楞的瞅著我，磨白的眼睛映著月光。

我氣得大吼一聲，把床單一掀，從床上跳下來衝到窗邊。

我把翻動的窗簾拉開，從窗台上抓下丹尼斯的頭。「是誰把你放在這裡的？」

我用兩手捧著丹尼斯的頭問。「是誰幹的，丹尼斯？」

我聽見身後傳出輕笑，那聲音從走廊上傳來。

我奔過房間，手裡還握著丹尼斯的頭，然後打開臥室房門。

傑德用手遮著嘴，掩住自己的笑聲。

「上當了吧！」他開心的悄聲說道。

「傑德——你這個混蛋！」我破口大罵，任木偶的頭掉在地上。我抓住傑德的睡褲，拚命將褲子往上拉——幾乎快拉到傑德的下巴上了！

他痛得喘叫一聲，跌跌撞撞的往後貼到牆上。

「你爲什麼要那樣做？」我低聲氣憤的問：「你爲什麼把丹尼斯的頭擺在我的窗台上？」

傑德把睡褲拉回原位。

「報復啊。」他喃喃的說。

「呃？我？」我尖聲問：「我又沒對你怎麼樣？我到底做了什麼？」

「妳都不肯幫我說話。」他咕噥，一邊搔著紅色的卷髮。他瞇眼看著我：「莎

這句英文怎麼說

你知道莎拉有多重視她的作品。
You know how seriously Sara takes her paintings.

拉的畫那件事，妳都沒幫我說半句話。」

「哇咧！」我大叫：「我怎麼幫你說話？我能說什麼？」

「妳可以說沒什麼大不了嘛。」傑德答道。

「可是那的確很嚴重啊！」我告訴他：「你知道莎拉有多重視她的作品。」

我搖搖頭：「對不起，傑德，不過你會受罰是自己活該，你眞的是自找的。」

他在昏暗的走廊上瞪著我，想著我剛才說的話，然後長滿雀斑的臉上緩緩的泛起邪惡的笑容。

「希望妳沒被我嚇著，愛梅。」他竊竊笑道，然後從地毯上撿起丹尼斯的頭丟給我。

我用單手接住，「去睡吧，傑德。」我告訴他：「別再欺負丹尼斯了！」

我走回房關上門，將丹尼斯的頭放到椅子的衣服堆上，然後笨手笨腳的爬回床上。

今晚的麻煩事眞是接二連三，我閉上眼，試著放鬆……

接二連三……

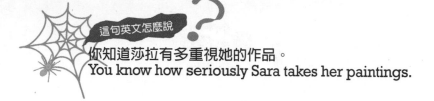

兩天後，爸帶回一件禮物給我——

一個新的口技表演用木偶。

眞正的麻煩從那時才開始。

這句英文怎麼說

真正的麻煩從那時才開始。
That's when the real trouble began.

4.

第二天下午瑪歌到我家來。

瑪歌的個子非常小，簡直像個迷你人。她有張巴掌臉，而且非常漂亮，眼睛亮藍，五官細緻。

瑪歌的頭髮又金又亮，今年她把頭髮留長了，剛好垂在她的纖腰上。

雖然我們兩個今年二月都要滿十二歲了，但瑪歌矮了我將近十公分。瑪歌非常聰明，而且人緣絕佳，可是男生都很喜歡揶揄她那細若蚊蚋的聲音。

她今天穿了一件藍色的背心，下襬塞在白色的網球短褲裡。「我買了新的披頭四精選。」她拿著CD盒走進我房裡說。

瑪歌超愛披頭四，其他新的樂團一概不聽，她房裡有一整排的披頭四CD和

錄音帶，四邊牆上貼著許多披頭四的海報。

我們進房間播放ＣＤ，瑪歌躺到床上，我則癱在她對面的地毯上。

「我爸差一點就不讓我來了。」瑪歌說，一邊把長長的頭髮撥到肩後，「他覺得餐廳裡可能需要我幫忙。」

瑪歌的爸爸是市中心某大餐廳的老闆，她家的餐廳叫「派對屋」。其實派對屋不算眞正的餐廳，而是一間碩大的老房子，裡面有許多大廳房可以供人們開派對用。

許多小孩都在那邊開生日派對，而且那邊還有猶太成年禮、堅信禮以及婚禮的招待廳，有時派對屋裡會有六場派對同時在進行！

一首披頭四的曲子播完了，接下來一首〈眞心愛我〉開始響起。

「我愛死這首歌了！」瑪歌大聲的說。她跟著哼了一會兒，我試著陪她唱，可是我實在是個大音癡，就像我老爸說的，我的五音沒有半個是全的。

「眞高興妳今天不用去工作。」我對瑪歌說。

「是啊。」瑪歌嘆道：「爸爸老是派我去做爛差事，妳知道的嘛，像清桌子、

這句英文怎麼說

我的五音沒有半個是全的。
I can't carry a tune in a wheelbarrow.

收碗盤、收拾垃圾袋之類的。噁心死了！」她又開始唱起來了——然後停住，從床上坐起。

「愛梅，我差點忘了，我爸爸也許有份工作要給妳。」

「妳說什麼？」我問：「要我去收垃圾袋嗎？敬謝不敏，瑪歌。」

「不是、不是啦，妳聽我說。」瑪歌用細如老鼠的聲音興奮的說道：「那是一份好差事耶。我爸接了很多生日派對，都是小小孩的，兩歲大或三、四歲的小鬼的派對，他覺得妳可以去逗他們開心。」

「呃？」我望著我的姊妹淘，還是沒搞懂她在說啥。「妳是要我去唱歌還是幹嘛？」

「不是啦，帶丹尼斯去。」瑪歌解釋，她將髮束纏在指頭上繞著，邊說邊隨著音樂點頭。「我爸在六年級的才藝表演會上看到妳跟丹尼斯的表演，他印象很深哩。」

「真的嗎？那晚我演得爛透了！」我答道。

「我爸可不這麼想。他想知道妳願不願意帶丹尼斯一起到生日派對上表演，小鬼們一定會很喜歡的，爸說他會付妳錢。」

「哇！太酷了！」這點子實在棒透了。

接著我想起一件事。

我跳起來，衝過房間到椅子旁拿起丹尼斯的頭。

「有個小問題。」我嘟噥道。

瑪歌鬆開髮束，扮了個苦臉。「它的頭嗎？妳爲什麼把它的頭摘下來？」

「我沒有啊。」我答道：「是它自己掉下來的，每次我用它，它的頭就會掉下來。」

「噢。」瑪歌失望的嘆了口氣：「只有頭的話，看起來太詭異了，我想小孩子不會喜歡娃娃的頭掉下來的。」

「我也這麼認爲。」我附和道。

「也許會嚇到他們吧。」瑪歌說：「妳知道的，就像做惡夢，以爲他們的頭也會掉下來。」

「丹尼斯實在破得不像話，我爸答應要幫我買個新的木偶，可是他一直沒找

這句英文怎麼說

表演給小孩看一定很有意思。
You'd have fun performing for the kids.

到。」

「太可惜了，」瑪歌說：「表演給小孩看一定很有意思。」

我們又聽了幾首披頭四的歌，然後瑪歌就得回去了。

她走後幾分鐘，我聽到前門「碰」的一聲。

「喂，愛梅！愛梅——妳在家嗎？」我聽見老爸在客廳裡喊著。

「來啦！」我大聲回應，一邊往屋子前走。

爸站在門口，腋下夾著一個長長的紙箱，臉上滿是笑意。

他把紙箱遞給我，大聲說道：「祝妳非生日快樂！」

「爸！這是——？」我大叫一聲，打開紙箱。「哇！」是新木偶耶！

我小心翼翼的將木偶從紙箱裡拿出來。

木偶的頭顱漆著棕色的卷髮，我打量它的臉龐，看起來有點奇怪而且嚇人。

它的眼睛是亮藍色的，不像丹尼斯的都褪色了。

木偶的嘴漆成豔紅，彎成一抹怪誕的笑容，它的下唇一側裂了一小塊，因此看起來跟上唇有點不搭。

當我把木偶從箱子裡拿出來時，它似乎在瞪著我，眼中晶光閃爍，笑容也好像咧得更深了。

我心裡突然一涼，不知道這個木偶爲什麼好像在嘲笑我。

我將它舉起來仔細檢視，它穿著灰色雙排釦西裝，上邊露出白色的領子。那領子其實是釘在木偶脖子上的，它身上並沒有穿襯衫，只是將木偶的身子漆成白色而已。

它那對東搖西晃的細腿底下，安了兩隻巨大的黑皮鞋。

「爸——這木偶太棒了！」我歡呼道。

「我是在當鋪裡找到的。」爸爸拿起木偶的手，假裝跟它握手。「你好，小巴掌。」

「小巴掌？那是它的名字嗎？」

「店裡的人是這麼說的。」老爸回答。他抬起小巴掌的臂膀，檢查它的西裝。

「我不懂他爲什麼把小巴掌賣得那麼便宜，幾乎是用送的！」

我將小巴掌轉過來，尋找控制嘴部開合的線繩。「這個小巴掌很棒哩，老

這句英文怎麼說

我將它舉起來仔細檢視。
I held him up, examining him carefully.

爸。」

我親了一下爸爸的臉。「謝謝。」

「妳真的喜歡嗎？」爸問道。

小巴掌銜著我咧嘴笑，藍眼睛瞪著我，似乎也在等我回答。

「喜歡，它好酷哦！」我說：「我喜歡它嚴肅的眼神，看起來好逼眞喔。」

「它的眼睛會動喔。」爸說，「不像丹尼斯是用畫的，小巴掌雖然不會眨眼，但眼睛可以左右轉動。」

我把手伸進木偶背裡，「要怎麼樣才能讓它的眼睛轉動啊？」我問。

「店裡的人為我示範過，」爸說：「不難。首先抓住控制嘴部的線繩。」

「抓到了。」我告訴老爸。

「然後把手伸進木偶頭部，裡面有個小小的控制桿。找到了嗎？推動桿子，眼睛就會朝推的方向移動了。」

「好，我試試看。」我說。

我將手慢慢探進木偶背裡，穿過頸子，伸入頭部。

我停下手，驚呼一聲。

因爲我碰到了一個軟軟的東西。

一個軟軟暖暖的東西。

是它的腦！

這句英文怎麼說

我用雙手搗住嘴。
I covered my mouth with both hands.

5.

「唉呀！」我嚇得哀叫，火速將手收回來。

手指上那股暖柔的觸感還在。

「愛梅——怎麼啦？」爸大聲問道。

「它……它的腦！」我勉強出聲，胃整個揪在一塊兒。

「呃？妳說什麼？」爸從我手上將木偶拿過去，翻轉過來，把手伸進它背裡。

我用雙手搗住嘴，看著爸用手摸進小巴掌腦殼內，他驚訝的瞠大了眼睛。

「好噁心！」我抱怨著：「那是什麼東西啊？」

老爸望著手裡那塊軟不溜丟、又綠又紫又褐的東西，「看來好像有人把三明治塞到它腦袋裡了！」爸大聲的說。

他的臉嫌惡的皺成一團：「三明治都爛掉發霉了，一定塞在裡頭好幾個月了吧！」

「天呀！」我不停的說，一邊捏著鼻子。「臭死了！怎麼會有人把三明治塞到木偶的頭裡啊？」

「誰知道。」爸搖頭：「而且看起來裡面都有蛀洞了！」

「媽——呀！」我們兩個齊聲大叫。

爸爸將小巴掌還給我，然後跑到廚房把腐臭的三明治扔掉。

我聽到他打開攪碎機，嘩啦啦的用水沖手。過了一會兒，爸回到客廳，拿擦盤子的毛巾將手擦乾。

「我看咱們最好仔細的把小巴掌檢查一遍。」他建議，「我們可不想再有別的驚喜了吧！」

我把小巴掌帶進廚房，我和老爸把它攤放在流理台上。老爸仔細的檢查小巴掌的鞋。

鞋子固定在腿上，沒有掉下來。

這句英文怎麼說

我把黃色的小方紙抽出來。
I pulled out the same square of yellow paper.

我把手指放到木偶下巴上，上下推動它的嘴，並檢查它木製的手。

我解開灰西裝外套的鈕子，打量漆在木偶身上的襯衫。有幾塊白漆已經剝裂了，可是沒什麼大礙。

「看起來都很好啊，爸。」我說。

他點點頭，然後聞聞自己的手指，看來三明治的臭味還沒完全洗淨。

「我們最好拿消毒水或香水之類的東西把它的頭噴一噴。」爸說。

後來我在扣外套的鈕子時，有個東西吸引了我。

小巴掌西裝外套的口袋露出一條黃色的紙條。

我心想，大概是銷售的收據吧。

我把黃色的小方紙抽出來，看到上面寫著奇怪的字。我從沒看過這麼奇怪的文字。

我努力看著紙條，慢慢的將上面的字朗讀出來——「卡魯、瑪里、歐多那、羅嘛、摩羅努、卡雷諾。」

我納悶著那到底是什麼意思。

接著我垂眼瞄著小巴掌的臉，看到它的紅唇抽動了一下。

它一雙眼睛緩緩閉上。

然後眨了個眼。

這句英文怎麼說

它的眼睛只會左右轉動。
The eyes only move from side to side.

6.

「爸、爸、爸……爸！」我結結巴巴的說：「它……它在動！」

「啊？」爸爸回水槽去洗第三次手了，「木偶怎麼啦？」

「它剛才在動！」我大叫：「它對我眨眼睛！」

老爸邊擦著手，邊走回流理台。「我告訴過妳啦，愛梅——小巴掌是不會眨眼睛的。它的眼睛只會左右轉動。」

「不對！」我堅持說：「它眨眼了，它的嘴巴抽動了一下，而且還眨眼睛呢。」

爸皺著眉，雙手捧起木偶的頭細細端視。「嗯……也許是眼皮鬆了吧。」他說：「我看看能不能把眼皮弄緊一點，也許去拿個螺絲起子來，可以……」

爸爸的話來不及說完。

因爲木偶手一抬，敲在老爸頭上。

「唉喲！」爸大叫一聲，鬆手讓木偶掉回台子上。爸摀著臉：「喂，別這樣，愛梅，會痛的！」

「我？」我尖聲說：「我又沒打你！」

爸生氣的看著我，揉揉自己的臉，他的臉一片通紅。

「是木偶打的！」我堅稱：「我可沒碰它呀，爸！我沒去動它的手！」

「不好笑。」爸低聲說：「妳知道我討厭人家惡作劇。」

我張嘴想回答，卻半個字也說不出來。

我決定最好還是閉嘴。

爸爸當然不會相信打他的是木偶囉。

我自己也不相信。爸一定是在檢查木偶的頭時，扯得太用力，在不知情的狀況下，拉動小巴掌的手。

那是我給自己的解釋。

否則還能有什麼說法？

這句英文怎麼說

那是我給自己的解釋。
That's how I explained it to myself.

我向老爸道歉，然後我們一起拿溼海綿清洗小巴掌的臉。我們把它洗乾淨，在它的頭裡噴消毒劑。小巴掌看起來更容光煥發了。

我再次跟老爸道謝，然後匆匆回到自己房間，把小巴掌放在丹尼斯旁邊的椅子上，打電話給瑪歌。

「我有新木偶啦！」我興奮的告訴她：「我可以到派對屋，在小孩的生日派對上表演了。」

「太棒了，愛梅！」瑪歌歡呼道：「現在妳只需要安排節目內容就可以了。」

她說的沒錯。

我需要各種笑話，大量的笑話。如果我要在幾十個小鬼面前跟小巴掌一起演出，就得設計長一點的喜劇橋段。

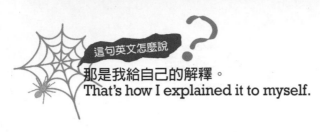

第二天下午放學後，我衝到圖書館，把找得到的笑話書全借出來，帶回家研究。我把所有小巴掌能用的笑話都抄下來。

吃完飯後，我本來應該去做功課的，可是我卻拿著小巴掌練習。我坐在鏡子前看著自己跟小巴掌。我努力不動嘴唇的把話講清楚，並且拚命挪動小巴掌的嘴巴，做出它在說話的樣子。

要同時移動它的嘴和眼睛，難度滿高的，不過練習一陣子之後，就變得容易些了。

我試著用小巴掌表演一些簡單的笑話，覺得小孩子可能會喜歡。

「碰、碰、碰。」我讓小巴掌說。

「是誰在敲門？」我問它，同時看著它的眼睛，彷彿眞的在跟它說話。

「我是珍妮。」小巴掌說。

「哪個珍妮？」

「珍妮妳姑媽啦，小笨蛋！」

我看著鏡子裡的自己，一遍一遍的演練著每一個笑話。我想成爲一流的腹語術表演家，希望能做到最好，希望跟擅長繪畫的莎拉一樣，把小巴掌操控得爐火純青。

我又練習了一些敲門的笑話、一些跟動物有關的笑話，以及一些小孩子可能

這句英文怎麼說

我試著用小巴掌表演一些簡單的笑話。
I tried some knock-knock jokes with Slappy.

會覺得好笑的玩笑。

我決定在家庭分享之夜上試演，老爸若是看到我這麼努力跟小巴掌練習，應該會很高興才對，至少我知道小巴掌的頭不會掉下來。

我看著房間盡處的丹尼斯，它看起來一副沒人要的孤兒樣，縮坐在椅子上，肩上的頭幾乎歪成九十度角。

接著我把小巴掌拿好，轉身看著鏡子。

「碰、碰、碰。」

「是誰在敲門？」

「我是小皮。」

「哪個小皮？」

「小皮球，香蕉油，滿地開花二十一。」

星期四晚上，我迫不及待的吃完晚飯，期望分享之夜能早點開始。我巴不得向全家展現我與小巴掌合演的新橋段。

我們晚上吃義大利麵，我很喜歡義大利麵，可是傑德老愛殺風景。

傑德眞的很噁心。他坐在我對面，一直張大著嘴，把滿口嚼碎的麵條露給我看。接著便自顧自的放聲大笑，因爲他覺得實在太好笑了，接著麵的醬汁就會流到他的下巴。

等吃完飯時，傑德整張臉及餐盤四周的桌布上，全都沾著義大利麵醬。

似乎沒人注意到這件事，爸媽正忙著聽莎拉吹噓她的成績，沒空理會傑德。明天就要發成績單了，莎拉篤定自己會全部拿Ａ。

我也很確定——確定自己不會全拿Ａ！

我的數學要能拿Ｃ就算走運了，最後兩次考試我眞的搞砸了，而且我的科學成績大概也不會好到哪兒去，因爲我的氣象汽球作業做得亂七八糟，到目前還沒交出去。

我吃完麵條，用麵包把盤裡多餘的醬汁吸乾。

等我抬眼時，傑德已經在鼻孔裡插了兩根紅蘿蔔條。

「愛梅，妳看，我是海象耶！」他咧嘴笑著說，然後學海象「哦哦」的叫了

這句英文怎麼說

我的數學要能拿 C 就算走運了。
I'd be lucky to get a C in math.

幾聲，同時一邊拍掌。

「傑德——夠了！」媽一臉嫌惡的怒斥道：「把鼻子裡的胡蘿蔔拿掉。」

「媽，叫他吃掉！」我大叫。

傑德對我吐吐舌頭，他的舌頭被麵醬染得紅紅的。

「看看你，搞成這副德性！」媽對傑德吼道：「去弄乾淨，快去！快點把臉上的醬汁全洗乾淨。」

傑德嘀嘀咕咕的站起來往浴室走。

「他到底有沒有吃東西啊？還是只是把醬汁塗到身上而已？」爸翻著白眼說。

老爸的下巴也沾了一點醬汁，不過我沒說什麼。

「你打斷我的話了，」莎拉不耐煩的說：「我正在跟你們說全國美術大賽的事，記得嗎？我把那幅花的作品寄去了。」

「噢，記得。」媽回答：「評審那邊有沒有消息？」

我沒去聽莎拉的回答，我的心思飄走了，又開始想自己的成績會有多爛，我得強迫自己別去想這件事。

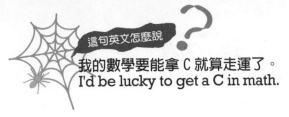

「呃……我來收碗盤。」我說。

我正要站起來，卻中途停住，驚叫一聲。

因爲我看到一個矮矮的身影溜進客廳。

一個木偶。

我的木偶，它正從房間爬過去！

這句英文怎麼說

莎拉還在談美術大賽的事。
Sara was still talking about the art competition.

7.

我又是一聲驚呼，顫著手指著客廳，結結巴巴的喊道：「媽——爸！」

莎拉還在談美術大賽的事，可是她也轉頭去看大家到底瞠目結舌的在看啥。

木偶的頭從椅子後彈出來。

「是丹尼斯！」我大叫。

我聽到有人在偷笑，那是傑德的聲音。

木偶抬起兩隻手，把自己的頭摘下來，接著傑德的頭從綠色的高領衣裡冒出來，臉頰上還沾著義大利麵醬。

傑德笑得樂不可支。

所有人都跟著大笑起來，只有我例外。

我真的被傑德嚇死了。

他把自己的毛衣領口拉起來遮住頭，然後把丹尼斯的頭塞進領子裡。

傑德又矮又瘦，那樣做看起來真的很像是丹尼斯溜進房裡。

「不准再笑了！」我對大家吼道：「一點都不好玩！」

「我覺得很好笑耶！」媽大聲的說：「這點子實在很有趣！」

「很聰明。」爸又加了一句。

「聰明個頭啦。」我罵道，並怒目瞪著我家老弟。「我就知道你是個大笨蛋！」

我對著他尖聲吼道。

「愛梅，妳是真的被嚇到了，」莎拉指責我說：「妳差點連牙都嚇掉了！」

「放屁！」我氣急敗壞的說：「我早就知道是丹尼斯——我是說——是傑德！」

現在大家開始嘲笑我了！

我感到自己的臉開始發熱，知道自己臉都紅了。

這一來，大家笑得更凶了。

這句英文怎麼說

媽自願先表演。
Mom volunteered to go first.

眞是模範家庭。

我站起來繞過桌子，從傑德手上奪下丹尼斯的頭。

「不准進我房間。」我咬牙對他說：「不許亂碰我的東西。」我重重踩著步子，把木偶的頭放回房裡。

「只是開玩笑嘛，愛梅。」我聽見莎拉在身後喊道。

「是啊，開玩笑而已嘛。」傑德惡劣的重複一遍。

「哈——哈！」我對他們吼道：「無聊透頂！」

分享之夜開始時，我已經不生氣了。

大夥兒在客廳裡各就各位。

媽自願先表演，說了一個她上班地點的趣事。媽媽在城中心一間高級女裝店工作，她說有個胖女人走進店裡，堅持只要試穿小號的衣服。

女子每試穿一件衣服，就撐破一件——然後她把這些衣服全買下來了！「這些衣服不是我要的，」女人解釋說：「是給我妹妹的！」

我們都笑了。不過我很訝異老媽會說這個故事，因爲媽也滿胖滿矮的，她對這種事非常敏感。

就跟爸對他的禿頭一樣敏感。

爸是第二個出面分享的人，他拿出吉他，衆人一陣哀吟。

老爸自認歌喉一流，可是他的音感實在不會比小妹我高明到哪兒去。

他很喜歡唱六〇年代的民謠歌曲，這些歌都有些深刻的含意，可是莎拉、傑德和我實在不懂他老人家到底在唱啥。

老爸亂彈一氣，哼著什麼「答案在風裡飄著」之類的歌詞，至少我想他是那麼唱的。

大夥兒一起鼓掌叫好，可是老爸知道我們沒一個眞心。

接下來換傑德了。不過他堅稱自己已經做過分享了。「打扮成丹尼斯的樣子——就這樣。」他說。

大家都懶得跟他辯，「換妳了，愛梅。」媽說，她靠在坐在沙發上的爸爸身邊。爸不停的弄著眼鏡，然後把眼鏡戴回去。

這句英文怎麼說

笑話我都倒背如流了。
I knew the jokes by heart.

我拿起小巴掌放到大腿上。我有點緊張，希望自己能表演好，用新的喜劇橋段讓大夥兒開開眼界。

我已經練了一整個星期了，笑話我都倒背如流了，可是當我把手伸進小巴掌背部，找到線繩時，卻覺得胃在抽動。

我清清喉嚨。

「各位，這是小巴掌。」我說：「小巴掌，跟我的家人說聲好吧。」

「家人好！」我裝成小巴掌的聲音說，還讓它的眼珠來回滑動。大家全笑了。

「這個木偶好多啦！」媽表示。

「可是表演的人還是沒變。」莎拉冷酷的說。我瞪了她一眼。

「開玩笑、開玩笑的啦！」老姊表示。

「我覺得那個木偶臭死了。」傑德插嘴道。

「你們就饒了愛梅吧。」老爸罵道：「請繼續，愛梅。」

我再次清清喉嚨，因爲突然覺得喉嚨很乾。

「小巴掌和我想跟各位講幾個敲門的笑話。」我宣布，然後轉頭看著小巴掌，也讓它轉頭看我。

「碰、碰、碰。」我說。

「碰你個頭啦！」木偶粗暴的答道。

小巴掌頭一轉，對著我媽說。「喂——胖子，別把沙發坐斷了。」它粗聲粗氣的罵道：「妳偶爾也該吃吃沙拉，別再吃炸薯條了吧？」

「呃？」媽倒抽一口氣。「愛梅——」

「愛梅，這一點都不好笑！」爸氣得大吼。

「你有意見嗎，禿子？」小巴掌吼道。「那是你的頭呢——還是你在脖子上孵鴕鳥蛋？」

「夠了，愛梅！」爸跳起來罵道：「住口！給我馬上住口！」

「可是……可是……爸——！」我急著想辯解。

「你幹嘛不在頭上多鑽個洞，這樣就可以拿來當保齡球了？」小巴掌尖聲對老爸說。

「妳的笑話太尖酸了！」媽大聲吼道：「既刻薄，又侮辱人。」

這句英文怎麼說

傷害別人的感情一點都不好玩。
It's not funny to hurt people's feelings.

「一點都不好笑，愛梅！」爸氣到快噴火了。「傷害別人的感情一點都不好玩。」

「可是爸——那些話都不是我說的！不是我！是小巴掌！眞的！說話的不是我！不是我！」

小巴掌抬起頭，紅色的唇開始笑得更開了，一對藍眼閃閃發光。「我有沒有提到，你們全都長得很醜呀？」它問。

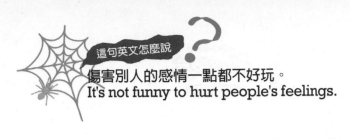

8.

所有的人一起破口大罵。

我站起來，把小巴掌面朝下的丟在扶手椅上。

我雙腿發顫，渾身打著哆嗦。

到底怎麼了？我問自己，我可沒說那些話，我眞的沒有。

可是小巴掌不會自己說話呀——它會嗎？

當然不會。

那表示什麼？

是不是表示我在不自覺的狀況下，說了那些對父母大不敬的話？

爸媽並肩站著，生氣的瞪著我，問我爲何出言不遜。

這句英文怎麼說

你真的覺得那樣很好笑嗎？
Did you really think that was funny?

「妳眞的覺得那樣很好笑嗎？」媽問：「妳以爲叫我胖子，會令我難過嗎？」

同時間，傑德躺在地板上，咯咯笑得像個白癡一樣，他覺得這整件事鬧得很有趣。

莎拉交疊著腿靠坐在牆邊，她搖著頭，黑色的頭髮散落在臉上。「妳倒大楣了，」她低聲說：「妳到底哪根筋不對，愛梅？」

我轉頭看著爸媽，兩手緊緊握拳，全身無法克制的發著抖。

「你們得相信我！」我尖聲說：「那些話不是我說的！我眞的沒說！」

「是喲，是小巴掌不乖！」傑德笑嘻嘻的插嘴。

「所有人給我安靜！」爸高吼一聲，臉色變得醬紅。

媽抓緊他的臂膀，她不喜歡爸爸動怒或太興奮，大概是怕老爸會失控吧。

爸爸兩手在胸前交叉，我看到他的衣衫上有一塊汗斑，他的臉還是紅通通的。

房裡突然一片寂靜。

「愛梅，妳的話我們是不會信的。」爸輕聲說。

「可是……可是……可是……」

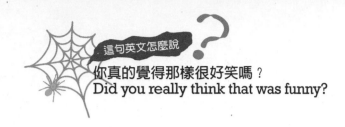

爸抬起手來示意要我安靜。

「妳很會說故事，愛梅。」爸接著說：「妳會編很棒的奇幻及神話故事，可是妳剛才的話離譜得令人難以置信。對不起，我們無法相信妳的木偶自己會說話。」

「可是它會啊！」我尖叫，都快哭出來了。我用力咬著唇，硬將淚水往肚子裡吞。

爸爸搖搖頭。「不，小巴掌沒有出言侮辱我們，說那些話的人是妳，愛梅，是妳說的。現在我要妳向妳媽媽和我道歉，然後帶著妳的木偶回房間去。」

他們不可能相信我了，不可能的，我也不太肯定自己會相信自己的話。

「對不起。」我低聲下氣的說，依然強忍著淚水，「真的很抱歉。」

我鬱鬱的嘆了口氣，將小巴掌從椅子上拿下來夾在腰際，它的手腳朝地面懸垂著。

「晚安。」我說，接著緩緩走向自己房間。

「不是該輪到我了嗎？」我聽見莎拉在問。

這句英文怎麼說

現在我要你向你媽媽和我道歉。
Now I want you to apologize to your mother and me.

「分享之夜結束了。」爸不太高興的說：「你們兩個——走吧。別吵媽媽和我了。」

聽起來爸眞的很氣。

我並不怪他。

我走進房間關上門，然後撐住小巴掌兩邊腋下，將它舉起來，抬起它的頭，讓它對著我。

它的眼睛似乎在看著我。

我心想，這對藍眼好冷酷啊。

它的紅嘴彎成一弧傻笑，那笑容突然顯得有點邪氣。

而且彷彿在嘲笑我。

不過那當然是不可能的，我覺得自己是被自己的想像力愚弄了。

被愚弄得很慘。

小巴掌畢竟只是個木偶，一塊上了漆的木頭罷了。

我用力盯著那對冷漠的藍眼睛。「小巴掌，你看你今晚給我惹了多大的麻煩。」我告訴它。

星期四晚上實在是一團糟，糟透了。

可是星期五晚上，情況卻更慘。

這句英文怎麼說

我們每次都被迫稱讚她有多麼優秀。
We both had to tell her how wonderful she was each time

9.

首先，我在學校餐廳打翻了托盤。餐廳的托盤都是溼的，可是偏偏只有我的從手上滑掉。

盤子掉在地上碎掉了，我的白色新布鞋上面濺滿了午餐的食物，餐廳裡每個人都大聲拍手叫好。

你說我糗不糗？

下午，成績單發下來了。

莎拉喜孜孜的唱著歌回家，沒什麼比當模範生更令她開心的了，她的成績單再完美不過了，全部拿A。

莎拉炫了三次成績單給我看，傑德也看了三遍，我們每次都被迫稱讚她有多

麼優秀。

我對莎拉很不公平。

她有權利展現她的快樂與興奮，因爲她的成績單完美得無可挑剔——而且她的畫作贏得了全國美術比賽藍帶獎。

所以我不該怪她在屋子裡高聲唱歌、四處跳舞。

她也不是故意要一直講，不是故意要讓成績單上有兩個大Ｃ（數學跟科學）的我自覺矮人一截。

我會收到有史以來最爛的成績，並不是莎拉的錯。

所以我很努力的壓抑那股嫉妒的感覺，在她第十次向我炫耀她的藍帶獎時，沒去掐她脖子。不過那眞的很不容易。

本人成績單上最糟的還不是那兩個大Ｃ，而是卡爾森小姐在成績單底下寫的那幾行字。

上面寫道：愛梅並未充分發揮自己的實力，如果她更用功點，表現應該比這次良好。

這句英文怎麼說

爸媽一定不會採信的。
No way Mom and Dad would buy that one.

我覺得應該明令禁止老師在成績單上寫東西，老師幫學生打成績就已經夠糟了，還寫什麼評語嘛。

我想編個藉口，跟爸媽解釋自己怎麼會得兩個C。我打算告訴他們本班所有人的數學跟科學都拿了C。

「卡爾森老師沒時間幫我們的報告打分數，所以就全部打C——以求公平。」

這藉口還不賴，但不夠具有說服力。

爸媽一定不會採信的。

我在房裡來回踱步，想要找個更好的解釋。一會兒後，我發現小巴掌在瞪我。它坐在丹尼斯旁邊的椅子上，笑嘻嘻的望著我。

小巴掌的眼神沒跟著我的腳步轉動吧——有嗎？

我覺得背脊一陣發涼。感覺上那雙眼睛真的在監視我，隨著我的動靜轉動。

我跳到椅子邊，把小巴掌轉過去背對著我。我沒時間考慮這個蠢木偶的事，爸媽隨時就要下班回來了，我得找個冠冕堂皇的理由，解釋本人的爛成績。

後來我想到辦法了嗎？沒有。

我爸媽氣不氣？氣。

媽說她要幫我安排時間，爸說他會教我解數學題。上回老爸出馬教我數學，結果害本人差點被當！

就連傑德那個大笨蛋的成績單看起來都比本姑娘的稱頭，老師對低年級的學生是不打分數的，只會針對學生寫一份報告。

傑德的報告上寫著，他是個乖小孩、好學生。他的老師一定有病！

我看著餐桌對面的傑德，他正張大了嘴，露出滿口碎豆子給我看。

噁！

「妳臭斃了。」他莫名其妙的對我說。

有時我實在懷疑怎麼會有人發明「家人」這種玩意兒。

星期六早上，我打電話給瑪歌。「我沒辦法過去了，」我嘆了口氣說：「我爸媽不准我去。」

「我的成績也滿爛的。」瑪歌回答：「卡爾森小姐在單子下方寫了一些評語，

這句英文怎麼說

卡爾森小姐在單子下方寫了一些評語。
Miss Carson wrote a note at the bottom.

她說我在課堂上太愛講話。」

「卡爾森老師才大嘴巴哩。」我很不是滋味的說。

我邊跟瑪歌聊天，邊看著衣櫃鏡子裡的自己，心想，我眞的跟莎拉好像啊。爲什麼我偏偏跟她長得像雙胞胎？也許我該把頭髮剪短或去刺個青什麼的。

我的腦子胡亂的想著。

我實在很氣爸媽不准我去瑪歌家。

「太可惜了。」瑪歌說：「我本來想跟妳討論到我爸爸餐廳表演的事。」

「我知道啊。」我悲傷的回答：「可是在我完成科學作業之前，他們哪兒都不許我去。」

「妳作業還沒交啊？」瑪歌問。

「我忘了嘛。」我坦承道：「設計部分做了啦——做了第二遍哩。只差報告部分沒寫而已。」

「我跟妳說過了，下週六我爸有一場十幾個三歲小鬼的生日派對。」瑪歌說，「他希望妳能帶小巴掌來爲他們表演。」

「我一寫完科學報告，就開始排練。」我答應她：「瑪歌，叫妳老爸安心啦，我一定會表演得很棒的。」

我們又聊了幾分鐘，然後老媽大聲叫我掛電話。我又講了一會兒——直到媽咪吼第二遍，我才跟瑪歌說再見，將電話掛掉。

我一整個早上跟下午都在電腦前奮鬥，好不容易終於把報告寫完了。

寫報告的過程還挺艱辛的，因爲傑德一直跑到我房裡，求我跟他打任天堂。「打一把就好了嘛！」害我得一直趕他出去。

等我終於寫完報告後，我把報告印出來再看過一遍。我覺得寫得還滿不錯的。我決定給報告做個漂亮的封面。

我想用彩色馬克筆畫個五彩繽紛的封面，不過我的馬克筆全都沒水了。

我把筆丟進垃圾桶，往莎拉的房間走去。我知道她有一個抽屜，裡面塞滿了各種彩色的馬克筆。

莎拉跟一票朋友去購物商城了，完美小姐可以週六出門，愛做什麼就做什麼，因爲她很完美。

這句英文怎麼說

我的馬克筆全都沒水了。
My markers were all dried up.

我知道借幾枝筆莎拉是不會介意的。傑德在她房門口將我攔下，「玩一把象棋大戰！」他求我：「一把就好！」

「休想。」我告訴他，然後把手放在他頭上，傑德卷卷的紅髮摸起來好柔軟。我將他推開：「每次玩象棋大戰你都屠殺我，而且我功課還沒做完。」

「妳到莎拉房間做什麼？」傑德問。

「不關你的事啦。」我說。

「妳這個臭人。」他說：「超級臭愛梅。」

我不理他，自顧自的走進莎拉房裡借馬克筆。

我花了將近一個小時做封面，用各種顏色畫上分子、原子。卡爾森老師一定會喜歡的。

我剛畫完，莎拉便回來了。她拎了一個大購物袋，裡面滿是她從香蕉共和國（註）買來的衣服。

她拿著袋子往自己房間走。「媽——快來看我買了什麼。」她喊道。

媽拿著一疊剛洗好的毛巾出現了。

「我也可以看看嗎？」我喊道，並跟著她們來到莎拉房間。

可是莎拉在房間門口停住了。

她手裡的袋子掉在地上。

接著放聲尖叫。

媽和我擠到她身後，往她臥房裡瞧。

天啊！

有人把十幾瓶紅、黃、藍的顏料打翻了，顏料灑在莎拉的白地毯上，像一坨坨彩色的大水灘。

我倒抽了口氣，拚命眨眼。這太讓人難以相信了！

「怎麼會這樣？」莎拉不斷尖叫：「怎麼會這樣啦？」

「地毯全毀了！」媽媽大聲說，然後踏入房裡。

空的顏料瓶側躺著，散落在房中各處。

「傑德！」媽怒吼一聲：「傑德——你給我過來！立刻過來！」

我們轉身，看到傑德就站在我們後邊的走廊上。

這句英文怎麼說？

媽憤怒的瞇起眼看著我老弟。
Mom narrowed her eyes angrily at my brother.

「幹嘛那麼大聲？」他輕聲說。

媽憤怒的瞇起眼看著我老弟。「傑德——你怎麼可以這樣？」她咬牙問道。

「妳在說什麼呀？」傑德抬起頭，一臉天真的望著媽媽。

「傑德——不准說謊！」莎拉叫道：「是不是你幹的？你有沒有又跑到我房裡？」

「才沒有！」傑德搖頭抗議：「我今天都沒進妳房間，一次都沒有。不過我看到愛梅進去了，而且她還不肯告訴我原因。」

註：美國連鎖服裝店。

10.

莎拉和媽媽同時轉頭，用責備的眼神盯著我。

「妳怎麼可以這樣？」莎拉繞著一大坨顏料尖聲罵道：「妳怎麼可以這樣？」

「喂！等一等！我可沒有，我沒有啊！」我氣得大叫。

「我問愛梅幹嘛進莎拉房間，她說那不關我的事。」傑德插嘴說。

「愛梅！」媽大喊：「我太驚訝了，我眞的太驚訝了，這——這太過分了！」

「是啊，好變態。」莎拉搖頭說。「我所有的廣告顏料，全部的顏料都被弄亂了，我知道妳爲什麼要這樣做，因爲妳嫉妒我成績好。」

「可是我沒有啊！」我哀號著：「我沒有！我沒有！我沒有嘛！」

「愛梅——不可能是別人做的。」媽回答：「如果不是傑德做的，那麼

這句英文怎麼說

難道每個人都是這樣看我的？
Is that what everyone thinks of me?

——」

「可是我只是進來借馬克筆而已呀！」我用顫抖的聲音大聲回話：「就這樣而已，我要用馬克筆。」

「愛梅——」媽指著一大灘顏料。

「我拿給你們看！」我大叫：「我給你們看我借了什麼。」

我衝回自己房間，用顫如秋葉的雙手從桌上撈起莎拉的馬克筆。我的心在咚咚狂跳。

他們怎麼可以把這麼可怕的事栽到我頭上？我問自己。

難道每個人都是這樣看我的？

把我當成怪物？

覺得我嫉妒姊姊，所以把她的顏料全部倒掉、破壞她的地毯？

他們眞的認爲我瘋了嗎？

我雙手抓著馬克筆衝回莎拉房間，傑德坐在莎拉的床上，低頭看著一片片厚嘟嘟、紅紅黃黃的顏料。

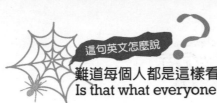

媽媽和莎拉站在顏料前，搖頭垂眼看著地面。媽一邊用舌頭發出「嘖嘖」的聲音，一邊不斷用手撫著臉。

「在這裡！你們看！」我大聲說著，將馬克筆堆到他們面前。「我進房裡就是來拿這個的，我沒有說謊！」

一些馬克筆從我手裡掉下來，我彎身去撿。

「愛梅，今天下午家裡只有我們三個人。」媽努力壓著嗓子，保持冷靜的說，可是她的聲音是從牙縫擠出來的。「妳、我，還有傑德。」

「我知道……」我才開口，老媽便抬手要我閉嘴。

「這件可怕的事當然不會是我做的。」媽接著說：「而傑德也表示他沒做，所以……」她沒再往下說。

「媽——我不是變態！」我尖叫：「我不是！」

「如果妳承認的話，妳心裡會好過點。」媽說：「等妳承認之後，我們再冷靜的討論這件事，然後……」

「可是我沒有做啊！」我抗辯道。

這句英文怎麼說

我不是把它轉過去了嗎？
Did I turn him back around?

我怒吼一聲，將馬克筆摔到地上，轉身衝出莎拉房間，奔過長廊回到自己房間。我用力摔上門，趴到床上開始放聲大哭。

我不知道自己究竟哭了多久。

最後我終於站起來，我整個臉都哭溼了，而且鼻涕流個不停。我到衣櫃旁拿衛生紙。

可是有個東西吸引了我的目光。

我剛才不是把小巴掌轉過去背對我了嗎？

怎麼它現在面對我坐著，抬眼看著我，一張紅嘴笑得比先前更燦爛了。

我不是把它轉過去了嗎？

有吧？

我不記得了。

小巴掌的鞋子上是什麼東西？

我用手背拭去淚水，然後往前朝木偶踏近幾步，費勁看著它的大皮鞋。

它的鞋子上究竟沾了什麼？

紅色、藍色及黃色的……是顏料嗎？

是的。

我驚喘一聲，抓住兩隻鞋根，把鞋放到面前。

沒錯。

小巴掌鞋上是斑斑點點的顏料。

「小巴掌——究竟怎麼回事？」我大聲問：「究竟發生什麼事了？」

這句英文怎麼說

全家人聚集在客廳裡。
The whole family gathered in the living room.

11.

老爸回家看到莎拉的房間時，差點沒氣炸。

我實在很擔心他，他的臉紅得跟番茄一樣，胸口起伏不定，喉嚨還發出嘰哩咕嚕的怪聲。

全家人聚集在客廳裡，大家找到自己分享之夜的位置，只是這次不是要分享，而是要開「愛梅批鬥大會」。

「愛梅，妳得先告訴我們實話。」媽媽正襟危坐的坐在沙發上，兩手在大腿上緊緊交握。

爸坐在沙發另一頭，一邊用手緊張的敲著沙發扶手，一邊咬著下唇。傑德和莎拉在地上倚牆而坐。

「我是在說實話呀。」我坐到他們對面的扶手椅裡。我的頭髮落在額頭上，可是我根本懶得撥回去。

我的白T恤上沾著未乾的淚痕，「拜託你們聽我說啊。」我哀求道。

「好啊，我們在聽。」媽回答。

「我進我房間時，看到小巴掌的鞋子上沾著一片片顏料，而且……」

「夠啦！」爸爸大吼一聲跳了起來。

「可是爸……」

「妳鬧夠了！」他用手指著我：「不准再胡說了，小姐，說故事時間結束了。我們不想聽什麼小巴掌的鞋子上有顏料這種鬼話，我們要聽妳解釋今天莎拉房裡發生的罪行。」

「我不是正在解釋嗎？」我哀叫著：「小巴掌的鞋子上爲什麼會有顏料？爲什麼？」

爸嘆了口氣，跌回沙發上。他低聲跟媽說了幾句話，媽也壓低聲回答。

我好像聽到他們提到「醫生」兩個字。

這句英文怎麼說

他不太敢惹我，跟我保持距離。
He kind of tiptoed around me and kept his distance.

「你們……你們打算帶我去看心理醫生嗎？」我怯怯的問。

「妳覺得妳需要嗎？」媽定定的望著我問道。

我搖頭說：「不需要。」

「妳爸和我會好好商量。」媽說：「我們會想想怎麼做最好。」

怎麼做最好？

他們把我禁足了兩個禮拜，不准我看電影、不准我找朋友來、不准我去購物商城、不准我去任何地方。

我聽見他們討論要幫我找人輔導，可是兩人都沒對我提這檔事。

一整個星期我都可以感覺到他們在監視我，把我當外星人似的打量。

莎拉對我極盡冷漠之能事，她的房間得全部清空，然後鋪上新地毯。莎拉對這件事很不高興。

就連傑德對我的態度也變了，他不太敢惹我，跟我保持距離，好像我患了重感冒或得了什麼怪病。他不敢戲弄我、叫我臭姊姊或罵我。

我好想念傑德的嘲弄，眞的。

想知道我心裡是什麼感覺嗎？我覺得悲慘到了極點。

我很想生場病，患個眞正的重感冒或大病，這樣他們就會爲我難過，而不再把我當犯人了。

有一件事倒不錯：他們說星期六我可以帶小巴掌到派對屋表演。

每次我拿起小巴掌，就覺得怪怪的。

我記得它鞋子上的顏料和老姊那間被毀了容的房間。

可是我找不出任何解釋，所以只能每晚拿著小巴掌練習。

我把很多很棒的笑話串在一起——一堆三歲小孩應該會喜歡的簡單笑話。

而且我研究鏡子裡的自己，我的嘴動得越來越小了，而且更能自如的操縱小巴掌的嘴和眼睛。

「碰、碰、碰。」我要小巴掌說。

「誰在敲門？」我問。

「辣爾遜。」

這句英文怎麼說

我想三歲的小鬼頭一定會笑翻天的。
I thought that would really crack up the three-year-olds.

「什麼辣爾遜？」我問。

「辣爾遜，里同學啦，我重感冒啦，哈啾！」

然後我把小巴掌的頭往後扯，拉開它的大嘴，再讓它抽著身體，一次次的打著噴嚏。

我想三歲的小鬼頭一定會笑翻天的。

每天晚上，我反覆的演練，非常努力的練習。

我並不知道那些戲碼永遠無法上演。

星期六下午，媽載我到派對屋。「好好表演喔！」她邊喊邊開車離去。

我小心翼翼的將小巴掌夾在腋下，瑪歌在門口接我，她帶著興奮的笑容向我迎來。

「剛好準時！」她高聲說道：「小孩子差不多都到齊了，簡直像在造反！」

「噢，好耶！」我翻著白眼咕噥道。

「他們跟動物一樣，可是好可愛喲！」瑪歌補充說。

她領著我穿過曲折的走廊，來到後頭的派對廳。天花板上飄著一堆堆紅色跟黃色的汽球。我看到一張妝點得又黃又紅的桌子。圍著桌子的每張椅子上，都用繩子繫著一顆飄浮的汽球，每顆汽球上都寫著一個小客人的名字。

那些小鬼眞是可愛，他們大多穿著牛仔褲和鮮豔的T恤，兩個小女孩還穿著褶邊的小洋裝。

我數了數，有十個人，十個小小孩全在偌大的廳房裡相互追逐嬉鬧。小孩的母親在後頭牆邊的大桌子旁三三兩兩聚著，她們或坐或站的在一起聊天，不時出聲制止孩子鬧得太凶。

「我是來幫忙的，倒倒果汁什麼的。」瑪歌告訴我：「爸爸希望妳能先上場表演，好讓小鬼們安靜下來。」

我用力嚥下口水：「率先表演啊？」

我的心情一直很興奮，中午連鮪魚三明治都不太吃得下，可是現在我卻緊張起來了，覺得胃熱熱的。

瑪歌將我帶到房間前面，我看到那邊有個漆成淡藍色的低矮木台，那就是舞

這句英文怎麼說

她領著我穿過曲折的走廊。
She led me through the twisting hallway.

台了。

看到舞台，我的心開始亂撞，嘴巴突然乾得不得了。

我眞的能站到台上，在這些人、在這些小孩和母親面前表演嗎？

我忘了這些媽媽也都會在場，看到觀衆裡有大人，我更緊張了。

「這位是我們的小壽星。」一名婦人說。

我轉頭看到一位面帶笑容的母親，她拉著一個漂亮的小女孩，女孩抬眼用晶亮的藍眼睛看著我。她有頭黑直的頭髮，跟我的很像，只是更細更烏亮。女孩頭上繫著淡黃色的絲帶，搭配她一身黃色的短洋裝和黃布鞋。

「她叫艾莉西雅。」母親說。

「嗨，我是愛梅。」我說。

「艾莉西雅想看看妳的木偶。」她說。

「它是眞的嗎？」艾莉西雅問。

我眞的不知道該怎麼回答這個問題。

「它是一個眞的木偶。」我告訴艾莉西雅。

我將小巴掌撐起來，把手伸進它背裡。「這位是小巴掌，」我告訴小女孩，「小巴掌，這是艾莉西雅。」

「妳好。」我裝成小巴掌說道。

艾莉西雅和她媽媽都笑了，艾莉西雅抬著炯亮的藍眼睛看著小巴掌。

「妳多大啦？」我學小巴掌說。

艾莉西雅伸出三根指頭。「我『山睡』。」她告訴小巴掌。

「妳想不想跟小巴掌握握手呀？」我問。

艾莉西雅點點頭。

我將木偶稍稍放低，把小巴掌的右手往前推出去。

「來啊，」我鼓勵艾莉西雅：「握住它的手。」

艾莉西雅舉手握住小巴掌的手，一邊嘻嘻的笑著。

「生日快樂。」小巴掌說。

艾莉西雅輕輕跟小巴掌握握手，然後準備把手抽回去。

「我們等不及要看妳表演了。」艾莉西雅的母親對我說。「小孩子一定會愛

這句英文怎麼說

我們得叫大家坐好看表演了。
We have to get everyone in their seats for the show.

死的。」

「希望如此！」我回答，我的胃又揪了起來，我還是非常的緊張。

「放開啦！」艾莉西雅扯著小巴掌的手大聲說，同時咯咯笑著。「它不放手！」

艾莉西雅的母親笑了，「這木偶好搞笑喔！」她拉住艾莉西雅的另一隻手，「放開小巴掌嘍，寶貝，我們得叫大家坐好看表演了。」

艾莉西雅使勁的抽自己的手，「可是它不放我走啊，媽咪！」她大叫：「它想要握手手！」

艾莉西雅猛力抽手，可是小手卻卡在小巴掌手裡。她笑了幾聲：「小巴掌喜歡我，不放我走。」

「噢，好了啦。」她母親說，同時瞄著門口。「菲比和珍妮佛剛到，我們過去打個招呼。」

艾莉西雅想跟著母親過去，可是小巴掌緊握著她的手。

艾莉西雅的笑容消失了。

「放開啦！」她說。

我看見幾個孩子聚集過來，看著艾莉西雅猛拉著小巴掌的手。

「放開！放開我啦！」艾莉西雅氣得大叫。

我彎身檢查小巴掌的手，沒想到它的手竟然緊緊扣住小女孩的手。

艾莉西雅用力抽手。「唉喲！它把我弄痛了，媽咪！」

更多小孩圍過來了，有些人在笑，兩個黑髮的小男生害怕得彼此對看。

「求求妳——叫它放手！」艾莉西雅哀求；她不住的扯著自己的手。

我慌得不知如何是好，心思亂成一團，飛快的想著該怎麼做。

艾莉西雅的手是不是卡住了？小巴掌不可能去握她的——不是嗎？

艾莉西雅的媽媽氣沖沖的瞪著我：「拜託妳放開艾莉西雅的手好嗎？」她不耐煩的說。

「它把我弄得好痛！」艾莉西雅叫道：「唉喲！它在擠我的手！」

房裡一片死寂，其他小孩現在全跑來看了，他們睜大眼睛，一臉迷惑。

我不知道該怎麼辦，我無法控制小巴掌的手。

我的心臟狂跳，試著故做輕鬆：「小巴掌眞的好喜歡妳呢！」我告訴艾莉西

這句英文怎麼說

我試著扳開它的手指。
I tried pulling the fingers open.

雅。

可是小女孩已經哭起來了，小小的淚珠從她臉上滾落。「媽咪——叫它住手啦！」

我把手從小巴掌背裡伸出來，雙手抓住它木製的手。「放開她，小巴掌！」我命令。

我試著扳開它的手指。

可是卻卡得死緊。

「怎麼回事？」艾莉西雅的媽媽尖聲問：「她的手卡住了嗎？妳想對她怎麼樣？」

「它把我弄痛了！」艾莉西雅哭訴：「唉喲！它在捏我！」

有幾個小孩哭了，母親們衝過房間來安慰他們。

艾莉西雅的哭聲蓋過其他三歲小孩驚懼的哭泣。她扯得越用力，木偶的手握得越緊。

「放手，小巴掌！」我尖叫著扳動它的手指。「放開！放開呀！」

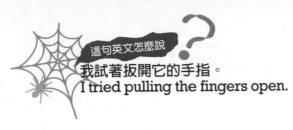

「妳在搞什麼！」艾莉西雅的母親大聲吼道，她開始狂亂的扯著我的臂膀，「妳在做什麼？放開她！快放開她！」

「唉喲！」艾莉西雅發出一聲令人鼻酸的高叫，「叫它住手！好痛！好痛啊！」

接著小巴掌突然頭一仰，眼睛圓瞠，張嘴露出一個誇張邪惡的笑姿。

這句英文怎麼說

我衝進屋裡，任紗門在後面砰的摔上。
I burst into the house and let the screen door slam behind m

12.

我衝進屋裡，任紗門在後面砰的摔上。我搭巴士到搖石街，把小巴掌掛在肩上，一路衝過六條街回家。

「愛梅，派對怎麼樣呀？」媽在廚房裡喊道：「有人載妳回來嗎？本來不是要我們去接妳的嗎？」

我沒回答。

因爲哭得太凶了。

我衝過走廊回到自己房間，將門摔上。

我把小巴掌從肩膀上卸下來，丟進衣櫥裡，我再也不要看到它了，永遠、永遠不要見到它。

我曾見鏡子裡的自己，我的臉都哭腫了，眼睛紅得跟兔子一樣，頭髮又溼又亂，還貼在額頭上。

我深深的吸了幾口氣，試著讓自己停止哭泣。

我耳中不斷聽見那可憐小女孩的尖叫。小巴掌在發出獰笑後，終於放開小女孩的手了。

可是艾莉西雅卻哭個不停。

她嚇壞了！小手被弄得又紅又腫。

其他小孩也全跟著一起哭叫。

艾莉西雅的媽媽氣極了，她把瑪歌的爸爸從廚房裡叫出來；她氣得全身發抖，口不擇言，揚言要告派對屋。

瑪歌的父親平靜的請我離開，他送我到前門，表示不是我的錯。可是他說小孩子現在都很怕小巴掌了，所以沒辦法讓我表演。

我看到瑪歌趕過來，可是我轉頭就從門口衝了出去。

我從來沒這麼難過，我不知道該怎麼做。

這句英文怎麼說

天空開始飄起細雨。
A light rain had started to come down.

天空開始飄起細雨，我看著雨水從人行道上流入排水溝，恨不得隨著流水一起消失。

我撲到床上。

腦中一直浮現小艾莉西雅哭叫著想掙脫小巴掌的手的模樣。

媽用力敲著我的房門說：「愛梅？愛梅啊——妳在做什麼？怎麼了嗎？」

「走開啦！」我吼道：「走開！別理我！」

可是媽媽依舊打開門走進來，莎拉跟在她後面，臉上盡是困惑。

「愛梅——是不是沒表演好？」媽柔聲問道。

「走開啦！」我哭著說：「拜託妳們走開！」

「愛梅，妳下回一定會更好的。」莎拉說著走到床邊，伸手搭在我發顫的肩膀上。

「閉嘴！」我大叫：「妳給我閉嘴，完美小姐！」

我不是故意要發飆的，我實在控制不了自己。

莎拉很難過的退開了。

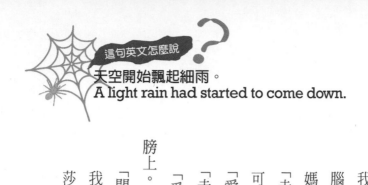

「告訴我們發生什麼事了。」媽堅持說道：「說出來心裡會好過一點。」

我起身坐到床緣，擦擦眼睛，把溼掉的頭髮從臉上撥開。然後便劈哩啪啦的把事情一五一十說了出來。

我說小巴掌抓住艾莉西雅的手不放、所有小孩哭成一團、家長們大聲嚷嚷鬧個不休，還有自己只得罷演匆匆逃走。

接著我跳起來，揮著手，又哭了起來。

媽媽拍拍我的頭髮，在小時候她常常這樣安撫我。她不斷低聲說：「噓，噓，噓。」

我慢慢平靜下來了。

「這太奇怪了。」莎拉搖著頭嘀咕。

「我有點擔心妳啊，」媽拉著我的手說：「小女孩的手被卡住了，就這樣呀。妳不會眞的相信是木偶抓住她的手吧？」

媽緊盯著我，打量我。

原來她以爲我瘋了，她以爲我神精錯亂。

這句英文怎麼說

去把自己整理一下吧。
Get yourself cleaned up.

她不相信我。

我決定最好別再堅持自己說的是實情，便搖搖頭。「是啊，我想她的手是被卡住了。」我垂眼看著地板說。

「也許妳該把小巴掌收起來一陣子。」媽咬著下唇建議。

「是啊，妳說的對。」我同意的指著衣櫥：「我已經把它收進衣櫥裡了。」

「很好。把它收在那裡一陣子，我覺得妳在木偶身上花太多時間了。」

「是啊，妳需要找個新嗜好。」莎拉說。

「那又不是嗜好！」我反駁。

「反正把它丟在那邊幾天——好嗎，愛梅？」媽媽問。

我點點頭低聲說：「我再也不要看到它了。」

我覺得好像聽見衣櫥裡傳來嘆息聲，可是那當然只是我的想像而已。

「去把自己整理一下吧。」媽指示說：「把臉洗一洗，然後到廚房來，我幫妳弄點心。」

「好。」我說。

莎拉跟著媽走出門口，「奇怪。」我聽見她咕噥說道：「愛梅變得好奇怪喲。」

晚飯後瑪歌打電話來，說今天的事令她很難過，還說她父親並沒有責怪我的意思。

「他想再給妳一次機會。」瑪歌告訴我：「也許試試大一點的孩子。」

「謝謝，」我答道：「可是我決定暫時把小巴掌收起來了，我不確定自己還想當腹語術專家。」

「今天的派對——到底是怎麼回事？」瑪歌問：「是哪裡出問題啊？」

「我也不清楚。」我說：「我眞的不清楚。」

當天晚上我早早就上床了。

熄燈前，我看了一下衣櫥的門，門緊緊的關著。

把小巴掌關在裡頭，讓我覺得比較安心。

我很快就睡著了，睡得很沉，連做夢都沒有。

第二天早晨醒來時，我坐起身子揉揉眼睛。

這句英文怎麼說

熄燈前，我看了一下衣櫥的門。
Before I turned out the light, I glanced at the closed door.

緊接著我聽到莎拉在走廊裡氣得尖叫。

「媽！爸！媽！快來呀！」莎拉大聲叫著：「過來看看愛梅這回又做了什麼好事！」

13.

我閉上眼，聽老姊大叫。

又怎麼了？我不寒而慄的想著。現在又怎麼了？

「噢！」當我看到衣櫥門開了個縫時，忍不住低吟一聲。

我心跳加速，爬下床，沿著走廊朝著莎拉的房間跑去，爸媽和傑德已經趕過來了。

「爸！媽！看她幹的好事啦！」莎拉尖吼。

「噢，天啊！」我聽見爸媽高叫。

我停在門邊往裡頭瞧——然後大吃一驚。

莎拉的臥房牆壁！上面塗滿紅色的顏料！

這句英文怎麼說

我突然發現每個人都在瞪我。

I suddenly realized that everyone was staring at me.

有人拿著粗厚的紅色畫筆，在莎拉房間的牆上寫滿大大的「愛梅」的字樣。

「不——！」我哀號著。我用兩手摀住嘴，好讓自己別再鬼叫。

我的眼神在一面面牆上移動，看著自己一再重複的名字。

愛梅、愛梅、愛梅、愛梅。

爲什麼要寫我的名字？

我突然覺得好想吐。我用力呑著口水，想抑止那種反胃的感覺。

我拚命眨眼，希望能把那些醜陋的紅色塗鴉眨掉。

愛梅、愛梅、愛梅、愛梅。

「爲什麼？」莎拉用顫抖的聲音問我，她拉拉自己的睡衣，靠在衣櫥上。「爲什麼，愛梅？」

我突然發現每個人都在瞪我。

「我……我……我……」我結結巴巴的說。

「愛梅，不能再這樣下去了。」爸扳著臉，他看起來並不生氣，而是悲傷。

「我們會幫妳尋求輔導，親愛的。」媽咪眼中含淚的說，她的下巴微微顫抖。

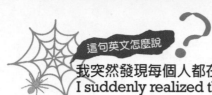

穿著睡衣的傑德默默站著，兩手交叉的抱在胸前。

「爲什麼，愛梅？」莎拉再次問道。

「可是……我沒有啊！」我終於擠出一句話。

「愛梅——別再狡辯了。」媽媽輕聲說。

「可是媽媽——我沒有做呀！」我尖聲叫著。

「事態很嚴重。」爸揉著下巴上的鬍渣低聲說：「愛梅，妳知道這件事有多麼嚴重嗎？」

傑德伸出兩根手指，摸著其中一個紅色塗鴉。

「乾的。」他說。「那表示是夜裡寫的。」

爸爸的眼神死盯著我。「妳知道這樣做有多惡劣嗎？這不只是調皮搗蛋而已。」

我深深吸了一口氣，渾身打哆嗦。「是小巴掌弄的！」我衝口說：「我沒有發瘋，爸，我沒有！你們一定要相信我！是小巴掌幹的！」

「愛梅，別這……」媽輕柔的說。

這句英文怎麼說

你知道這樣做有多惡劣嗎？
Do you realize how bad this is?

「跟我來！」我叫道：「我證明給你們看，我會證明是小巴掌幹的。跟我來！」

我沒等他們回答，轉身便衝出房間。

我奔過走廊，大家默默的跟在我身後。

「愛梅是病了還是怎麼了？」我聽見傑德這麼問爸媽。

我沒聽到回答。

我衝進房裡，他們趕過來聚到我身後。

我走到衣櫥邊打開門。

「看到沒？」我大聲指著小巴掌說：「看哪！這不就證明了嗎？是小巴掌幹的！」

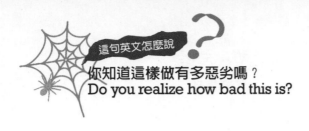

14.

我得意的指著小巴掌說：「看到沒？看到沒？」

木偶盤腿坐在衣櫥底下，頭直直的立在瘦窄的肩膀上，似乎抬頭對我們笑。

小巴掌的左手擱在地上，右手擺在大腿上。

它的右手抓著一根粗粗的畫筆。

畫筆的毛上凝著紅色的顏料。

「我就跟你們說是小巴掌幹的嘛！」我大聲說著往後退開，好讓其他人看個清楚。可是大家全都默不作聲，爸媽皺著眉搖頭。

傑德的竊笑打破了沉寂，「太驢了吧！」他告訴莎拉。

莎拉低下頭沒回答。

這句英文怎麼說

傑德的竊笑打破了沉寂。
Jed's giggle broke the silence.

「噢，愛梅。」媽嘆氣道：「妳眞的以爲把畫筆放到小巴掌手裡，就可以把錯推到它頭上了嗎？」

「什麼？」我大叫，沒聽懂媽媽在說什麼。

「妳眞的以爲我們會相信嗎？」爸嚴厲的盯著我，輕聲問。

「妳以爲只要把筆放到小巴掌手上，我們就會以爲是它把妳的名字塗在莎拉牆上的嗎？」

「可是我沒那麼想啊！」我高聲說。

「它是什麼時候學會拼字的？」傑德插嘴問。

「住口，傑德。」爸罵道：「這件事很嚴重，不准開玩笑。」

「莎拉，把傑德帶走。」媽指示說：「你們兩個去廚房，先吃早飯。」

莎拉正想把傑德帶到門口，傑德卻躲開了。「我想留下來！」他大聲說：「我要看看你們怎麼處罰愛梅。」

「出去！」媽大吼，用雙手把他推了出去。

莎拉將傑德拖到房外。

我全身發抖，瞇眼看著小巴掌。它的笑意是不是更深了？

我望著它手上的畫筆，毛尖上的紅顏料越變越模糊，最後我只看得到一團殷紅。

我眨了幾次眼，轉頭看爸媽。「你們眞的不相信我嗎？」我悄聲問，聲音在發顫。

他們倆搖搖頭。「我們要怎麼相信妳，親愛的？」媽回答。

「我們怎能相信一個木偶會到莎拉房裡做這些可怕的事。」爸補充說：「妳爲什麼不跟我們講實話，愛梅？」

「可是我講的是實話呀！」我抗議道。

我要怎麼樣才能向他們證明？怎麼做才行？

我怒吼一聲，奮力摔上衣櫥的門。

「大家先冷靜冷靜。」媽靜靜的說：「咱們都先去換衣服，吃點早餐再說吧。等大夥兒心情好點再來討論這件事。」

「也好。」爸爸說，但他還是斜眼盯著我，用一種看陌生人的眼神打量我。

這句英文怎麼說

毛尖上的紅顏料越變越模糊。
The red paint on the bristles blurred.

爸搔搔自己的禿頭：「我想我大概得打電話叫油漆工來粉刷莎拉的房間了。至少得上兩層漆才能把那些紅字蓋掉。」

他們轉身緩緩的離開我的房間，一邊討論粉刷老姊的房間得花多少錢。

我站在房間中央，閉上眼。每次我一閉眼，就看到塗滿莎拉牆上的片片殷紅：愛梅、愛梅、愛梅、愛梅。

「又不是我幹的！」我高聲吼道。

我的心咚咚狂跳，我猛然轉身，抓住門把拉開衣櫥的門。

抓住穿灰西裝的小巴掌肩膀，將它從地上抓起來。

畫筆從它手上掉下來，重重的摔在我的光腳丫旁邊。

我憤怒的搖著木偶，我拚命搖，小巴掌的手腳被我弄得來回亂晃，一顆頭猛往後仰。

接著我舉起小巴掌跟它對看。

「你給我老實承認！」我尖叫著怒目看著它的笑臉。「快啊！承認是你幹的！說呀，說是你幹的呀！」

亮藍的眼睛抬起來望著我。

了無生氣。

茫然無焦。

我們兩個都沒動。

接著那張木頭嘴掀動了，紅色的嘴緩緩張開。

小巴掌發出一聲輕柔卻惡毒至極的笑聲：「嘻，嘻，嘻。」

這句英文怎麼說

我一整天都不准出房門。
I'm not allowed out of my room all day.

15.

「我沒辦法過去。」我心情低落的告訴瑪歌。我癱在床上，把電話壓在耳朵上。「我一整天都不准出房門。」

「呃？爲什麼？」瑪歌問。

我嘆了口氣，「瑪歌，我要是告訴妳，妳一定不會相信的。」

「說說看嘛！」她說。

我決定不告訴她，全家人都以爲我瘋了，我沒必要讓最好的朋友也這樣想，對吧？

「也許等我跟妳碰面時，再告訴妳吧。」我說。

電話那頭一陣沉默。

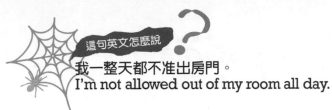

然後瑪歌低聲說：「哇。」

「哇？那是什麼意思？」我大聲的問。

「哇，如果妳不想提，那事情一定很嚴重囉，愛梅。」

「只是……只是很怪而已啦。」我支支吾吾的說：「我們能不能換個話題？」

又是一陣沉默。「我爸手上有個六歲小孩的生日派對，愛梅，他在想……」

「不行，對不起。」我很快表示：「我把小巴掌收起來了。」

「啊？」瑪歌驚訝的說。

「我把小巴掌收起來了，」我告訴她：「我不玩了，我再也不想當腹語術專家了。」

「可是愛梅……」瑪歌堅持：「妳超愛表演木偶的，而且妳說妳想賺錢，記得嗎？所以我爸……」

「不行。」我堅持道：「我改變心意了，瑪歌。對不起，請轉告伯父我很抱歉，我……等我們見面後，我再告訴妳發生了什麼事吧。」

我重重的吞著口水，又加了一句：「如果我見得到妳的話。」

這句英文怎麼說

我們能不能換個話題？
Can we change the subject?

「妳聽起來很慘哪。」瑪歌輕聲答道：「要不要我去妳家？我想我可以請爸爸載我過去。」

「我被禁足禁死了，」我哀怨的說：「不准有訪客。」

我聽見走廊傳來了腳步聲，也許是爸媽來看我在做什麼吧。他們也不許我講電話。

「我得掛電話了。再見啦，瑪歌。」我低聲說，然後掛斷電話。

媽敲著我房門，我認出她的敲門聲。「愛梅，要不要談一談？」她問。

「不太想。」我鬱鬱的說。

「等妳願意說實話後，就可以出來了。」媽說。

「知道啦。」我答道。

「妳爲什麼不現在就講實話？今天天氣棒極了。」媽朝房裡喊：「別一整天悶在房裡浪費時間。」

「我——我現在不太想講話。」我說。

她沒再說什麼，不過我可以聽見她還站在門外，最後我終於聽見她的腳步聲朝走廊退去了。

我抓住枕頭，將臉掩住。

我想將世界排除在外，仔細的思索。

思索、思索、再思索。

我才不要承認沒犯下的罪行呢，想都別想。

我一定要想辦法向他們證實小巴掌才是罪人，而且還要向他們證明我沒有發瘋。我得讓他們知道小巴掌不是普通的木偶。

它是活的，而且惡毒得要命。

可是我要怎麼樣證明呢？

我爬下床，開始來回走動，我在窗口前駐足，望向前院。

這的確是個風和日麗的春日，一片片豔黃色的鬱金香在窗前搖曳，天色濃藍，院落中央那對楓樹已開始綻出嫩芽了。

我深深吸了口氣，空氣聞來清新而香甜。

我看到傑德和他幾位朋友正沿著人行道溜滑輪，他們大聲笑著，玩得不亦樂

這句英文怎麼說

我才不要承認沒犯下的罪行呢。
I wasn't going to confess to a crime I didn't do.

乎。而我卻像個囚犯一樣，關在自己房裡。

全都是小巴掌惹出來的。

我從窗邊回過身去，瞪著衣櫥門。我把小巴掌丟到衣櫥底，把門關緊了。

我一定要當場活逮你，小巴掌。我打定主意了。

我要藉此證實自己沒有發瘋。

我要徹夜不眠，夜夜熬夜，只要你爬出衣櫥，我就會醒來跟蹤你。

而且我會讓所有人看見你在做什麼好事。

我要讓每個人知道你才是家中的惡人。

我覺得好氣，我知道自己沒辦法仔細思考。

可是打定主意後，心裡反而覺得好過一點了。

我最後又看了衣櫥的門一眼，然後走過房間，到書桌前開始做功課。

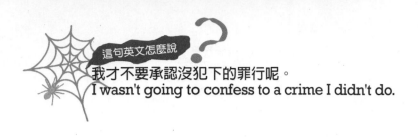

爸媽放我出來吃晚飯。

爸在後院烤漢堡，這是開春以來第一次烤漢堡。我好喜歡吃烤漢堡，尤其是烤得黑黑焦焦的那種，可是我實在是食不知味。

我想是因爲想到要活逮小巴掌，覺得太興奮、太緊張的緣故吧。

大家的話都不多。

媽一直跟爸討論她想在菜園裡種什麼菜，莎拉稍稍談到她在房間開始畫的壁畫，而傑德則不斷抱怨溜滑輪把膝蓋摔得好痛。

沒人跟我搭話，他們不時瞄著桌子對面的我，把我當動物園裡的動物觀察。

我在上甜點之前就藉故告退了。

通常我十點才睡，可是這天九點剛過我就決定上床了。

我非常的清醒，一心想抓到小巴掌。

我把燈關掉拉上被子，然後躺在床上望著臥房天花板上搖晃的陰影，靜靜等待……等待……等待小巴掌從衣櫥裡溜出來。

我一定是睡著了。

我努力保持清醒，可是我一定是在不知不覺中睡著了。

我被房裡傳來的聲響驚醒。

這句英文怎麼說

他們不時瞄著桌子對面的我。
They kept glancing over the table at me.

我抬起頭，立刻戒心大起，我豎起耳朵細細聆聽。
地毯上傳來窸窸窣窣的腳步聲。
我覺得背脊一陣寒涼，手臂上起了陣陣雞皮疙瘩。
又是一聲低響，就近在我的床邊。
我很快往前一探，扭開床頭櫃上的燈。
然後放聲大叫。

16.

「傑德——你在這裡做什麼？」我叫道。

他站在房間中央對著我猛眨眼，他的睡褲有一管捲起來了，紅紅的頭髮貼在頭上。

「你跑到我房裡幹什麼？」我沒好氣的問。

他斜眼瞪著我：「啊？妳幹嘛對我嚷嚷？不是妳在叫我嗎，愛梅？」

「我……我什麼？」我舌頭都打結了。

「妳喊我的呀。我聽見的。」他用手指揉著眼睛，一邊打著呵欠。「我睡著了，是妳把我叫醒的。」

我把腳放到地板上站起來，覺得兩腿虛軟。我真的被傑德給嚇到了。

這句英文怎麼說

他的睡褲有一管捲起來了。

One leg of his blue pajama pants had rolled.

「我也睡著啦。」我告訴他：「我沒叫你。」

「有啦，妳有叫。」他堅稱：「妳叫我到妳房裡。」他彎身把褲管放下去。

「傑德，是你剛剛才把我弄醒的。我怎麼可能去叫你？」

他搔搔頭髮，又打起呵欠。「妳是說我在做夢嗎？」

我仔細地打量著他的臉。「傑德——你是不是溜到我房裡惡作劇？」我拉長臉問。

他的臉皺成包子狀，擺出一副無辜相。

「是不是？」我問：「你是不是打算摸到衣櫥裡，利用小巴掌來搞鬼？」

「才沒有！」他抗辯道，並往門外走去：「我說的是實話，愛梅，我還以爲妳在叫我，就這樣而已。」

我用力瞪著他，想搞清楚他到底有沒有說實話。我環顧房間，一切看起來都沒事，丹尼斯躺在椅子裡，頭垂在大腿上。

衣櫥的門還是關著的。

「只不過是場夢嘛。」傑德又說了一次：「晚安，愛梅。」

我也跟他道晚安，「對不起，我不該亂發脾氣，傑德，可是我今天真的不好過。」

我聽他拖著步子回到他房間。

貓咪把頭探進我房裡，一對眼睛亮如黃金。「去睡了啦，喬治。」我低聲說：「你也去睡覺，好嗎？」貓咪乖乖的轉身離開了。

我關掉床頭櫃的燈，躺回床上。

我想傑德說的是實話，他似乎跟我一樣被搞得莫名其妙。

我的眼皮突然變得好沉重，好像有一百公斤重似的。我打了個大呵欠。

好想睡，枕頭感覺好軟、好暖。

可是我不能就這樣睡著啊。

我得保持清醒，得等小巴掌採取行動。

我有沒有又睡著？我實在不確定。

「喀」的一聲巨響，驚得我一下張大眼睛。

我抬起頭，及時看到衣櫥門開始打開。

這句英文怎麼說

我聽他拖著步子回到他房間。
I listened to him pad back to his room.

房裡頭一片漆黑，窗口沒有透進半絲光線，門看上去像片黑色的影子，緩緩的滑開了。

我的心臟跳得像擂鼓一樣，嘴巴突然乾如棉花。

門靜悄悄的慢慢推開了。

同時發出低低的吱嘎聲。

接著一個影子從漆黑的門後溜出來。

我用力看著影子，不敢稍有妄動。

門又傳來吱嘎聲。

那人影悄悄踏出一步，從衣櫥裡走出來，再一步，又一步，從我床邊走過，來到臥室門口。

是小巴掌。

沒錯！

即使在黑夜中，我還是可以看出它那個碩大的圓頭，我看著它細瘦的臂膀在身側晃盪，一雙木手隨著身體搖動。

小巴掌厚重的皮鞋滑過我的地毯，細瘦無骨的腿幾乎隨著步子相互碰撞。

我覺得它像個令人膽戰心驚的稻草人。

步伐有如踉蹌的稻草人，因爲它沒有骨頭，半根骨頭也沒有。

它整個身體上上下下的隨步搖晃。

我一直等它溜出門外到走廊時，才跳起來。

我深吸一口氣，屏住呼吸。

躡手躡腳的跟在它的後面，穿過一片黑暗。

好戲上場囉！我心想。好戲要上場了！

這句英文怎麼說

厚重的皮鞋滑過我的地毯。
The heavy leather shoes slid over my carpet.

17.

我在臥房門口停下腳步，將手探到走廊上。媽媽會在她臥室門口留一盞燈，整夜點著。

昏黃的燈光照著走廊盡頭。

我就著燈光，看小巴掌靜悄悄的走向莎拉的房間，一對大鞋子在地毯上沙沙作響。小巴掌彎著身體，上下晃動，一雙大手幾乎拖到了地上。

我一直到胸口開始發痛時，才想起自己忘了呼吸。我盡可能不動聲息的吐出一道長氣，再深吸口氣，然後開始沿著走廊跟在小巴掌後面。

我突然很想衝口大喊：「爸！媽！」

他們一定會衝出房間，看到小巴掌站在走廊中央。

可是不行。

我現在不想喊他們，我想看看小巴掌到底要去哪裡，想看看它到底打算做什麼。

我踏出一步，光腳丫下的木頭地板跟著「嘎」的一聲。

小巴掌聽見了嗎？

我背貼著牆，巴不得把自己壓平躲進陰影裡。

我藉著昏黃的光線偷窺它，它繼續搖搖晃晃的靜靜往前走，每走一步，它的肩頭便跟著起伏。

小巴掌走到莎拉房外時轉過身。

我的心停止跳動。頭一低，躲進浴室裡。

小巴掌看見我了嗎？

它是因爲知道我在那裡，所以才轉身的嗎？

我閉上眼睛，等著，聽著。

聽它會不會拖著步子回來，聽它會不會回過頭來抓我。

這句英文怎麼說

我藉著昏黃的光線偷窺它。
I peered through the dim yellow light at him.

外邊一片死寂。

我用力吞著口水，滿嘴發乾，雙腿抖個不停。我扶著牆上的瓷磚，讓自己站穩。

外面還是沒有半點聲響。

我鼓起勇氣，慢慢將頭探到走廊上。

走廊上空盪盪的。

我順著燈光望向莎拉的房間。

沒有半個人。

小巴掌應該已經在莎拉的房裡了，我告訴自己。它在莎拉房裡做壞事，做一件別人會怪到我頭上的壞事。

這回你休想，小巴掌！我默默發誓。

這回你會被活逮。

我貼著牆，沿著走廊挨過去。

我在莎拉的房門口停下來。

媽媽的夜燈就設在莎拉房間對面，所以這邊比較亮。

我斜眼看著老姊的臥房，看見她已經動工的壁畫，那是一幅海灘的景象，有海洋、寬長澄黃的沙灘、飄飛的風箏、在角落裡築砂堡的孩子。壁畫幾乎覆滿整面牆壁。

小巴掌呢？

我往房裡踏進一步——接著便看到它了。

小巴掌站在莎拉的畫桌上。

我看到它的大手在滿桌顏料中翻找，接著用一隻手抓起畫筆。

它抬起筆往下一揮，假裝在空中作畫。

我看到它把筆放到顏料瓶裡沾著。

小巴掌向壁畫踏近一步，然後又是一步。

它站了一會兒，欣賞眼前的畫作。

然後高高舉起畫筆。

我就是在這時衝進房裡的。

這句英文怎麼說

我看見她盯著我手上的畫筆。
I saw her eyes stop at the paintbrush in my hand.

小巴掌一朝壁畫揚起畫筆時，我便向它衝過去了。

我一手抓住筆，另一手抱住小巴掌的腰，把它往回拉。

小巴掌奮力踢著雙腿，並試圖用拳頭揍我。

「嘿——！」有人驚聲喊道。

燈亮了。

手裡的小巴掌立刻一癱，垂下頭，四肢盪向地面。

莎拉坐在床上，驚駭的對我張大嘴。

我看見她盯著我手上的畫筆。

「愛梅——妳在做什麼？」她高聲問。

莎拉不等我回答，便開始大聲嚷嚷：「爸！媽！快來呀！她又跑到我房裡了！」

18.

老爸率先衝進來，還一邊拉著睡褲。「怎麼啦？發生什麼事了？」

媽媽也跟著跑來，邊打呵欠邊拚命眨眼。

「我……我是從小巴掌手上搶下來的。」

我支支吾吾的拿著畫筆說：「它……它想破壞壁畫。」

他們一起瞪著我手上的筆。

「我聽見小巴掌從衣櫥裡溜出來。」我急急忙忙的解釋：「我跟蹤它來到莎拉的房間，在它……在它破壞壁畫之前，及時制止它。」

我轉頭看著莎拉：「妳看見小巴掌了——對吧？妳看見它了吧？」

「是啊。」莎拉依然坐在床上，兩手交叉抱在胸前說：「我是看見小巴掌

這句英文怎麼說

我聽見小巴掌從衣櫥裡溜出來。
I heard Slappy sneak out of the closet.

啦，妳不是正把它夾在腋下嗎？」

小巴掌在我腋下晃盪，頭都快撞到地上了。

「不對！」我對著莎拉大吼。「妳看見它溜進妳房裡了——對不對？所以妳才會把燈打開的。」

莎拉翻著白眼說：「我是看見妳摸進我房裡。」她回答：「妳帶著木偶，愛梅，妳抱著木偶——還拿了筆刷。」

「可、可……可是……」我實在說不出話來。

我的眼神在每個人臉上遊走，他們全用怪異的眼光看著我，一副我是剛駕著飛碟降落地球的外星人似的。

家裡沒有一個人相信我。

沒有人。

第二天早晨我下樓吃早飯時，看到媽媽把電話掛斷。

「妳要穿短褲去學校啊？」她瞄著我的服裝問——我穿著橄欖綠的短褲和

一件紅背心。

「收音機說天氣會很熱。」我答道。

傑德和莎拉已經坐在餐桌旁了，兩人將視線從碗上抬起來，可是什麼話都沒說。

我幫自己倒了一杯葡萄汁，我是家中唯一不愛喝橘子汁的人。我想我的確是個怪胎。

「妳剛才在跟誰講電話？」我問媽，同時喝了一大口果汁。

「嗯……跟潘茉醫生的祕書。」她遲疑的回答。「妳嘴巴上都是紫色的汁。」她指著我說。

我用餐巾紙把葡萄汁擦掉。

「潘茉醫生？她不是心理醫師嗎？」我問。

媽點點頭，「我本來想約今天的，可是她要到星期三才有空看妳。」

「可是，媽——！」我抗議道。

媽用手指抵在唇上，「噓，這事沒有討論的空間。」

這句英文怎麼說

我用餐巾紙把葡萄汁擦掉。
I wiped the grape juice off with a napkin.

「可是，媽——！」我又說。

「噓。愛梅，妳只要去跟她談一次就好了，說不定妳會喜歡呢，也許會覺得很有幫助。」

「是喲。」我喃喃的說。

我轉頭看著莎拉和傑德，兩人都低頭盯著自己的碗。

我嘆了口氣，把果汁杯放進水槽。

我知道那代表什麼意思，那表示我得在星期三之前，向家人證實本姑娘的腦袋沒有問題。

在學校餐廳吃中飯時，瑪歌求我告訴她出了什麼事。「妳昨天爲什麼把自己鎖在房裡一整天？」她問：「說呀，愛梅——說呀。」

「沒什麼啦。」我撒謊。

我打死也不會告訴瑪歌的。

我不想把事情鬧得全校皆知，說愛梅相信她的木偶是活的。

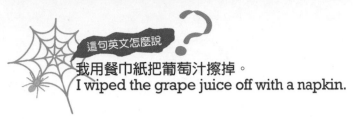

我不希望大家竊竊的談論我、跟我家人一樣用怪異的眼神看我。

「我爸想知道妳願不願改變心意，到生日派對上表演。」瑪歌說：「如果妳想用小巴掌表演，妳可以……」

「不用！別再提了！」我打斷她：「我把小巴掌收到衣櫥裡了，它會永遠留在那裡。」

瑪歌瞪大了眼睛。「好好好，唉，妳也不用對我發那麼大的脾氣嘛。」

「對不起啦，」我很快的說：「我最近壓力很大。喏，要不要來一點？」我把媽媽幫我包的巧克力蛋糕遞給她。

「謝了。」瑪歌驚訝的回答。

「待會兒見囉。」我說，然後把午餐袋揉掉扔進垃圾桶，匆匆走開了。

當晚我在房裡根本無法專心做功課。

我一直望著月曆。

星期一晚上。我只剩兩個晚上能證實自己的清白，證明那些惡事都是小巴

這句英文怎麼說

我不希望大家竊竊的談論我。
I didn't need everyone whispering about me.

掌幹的。

我將歷史課本闔起來，今晚我什麼書都看不下去。

我來回踱了一陣步子，拚命思索，可是依然毫無頭緒。

我該怎麼做？

該做什麼？

一會兒後，我已經想得頭都快裂了，我用雙手搔著頭髮。

「啊——！」我氣得大叫，聲音裡盡是憤怒與挫敗。

我想乾脆把小巴掌丟掉算了，把它帶到外頭丟進垃圾桶。

那麼一切問題就都解決了。

這主意令我覺得好過一點。

我轉身朝衣櫥走近兩步。

結果竟然看到門把緩緩的開始轉動，我嚇得停住腳步。

我驚訝的看著門「碰」的一聲彈開來。

接著小巴掌走了出來。

它向前一撲，在我面前幾呎的地方停住。

小巴掌抬著一對藍眼望著我，笑意變得好深。

「愛梅，」它粗聲說：「咱們倆該好好談談了。」

這句英文怎麼說

咱們倆該好好談談了。

It's time you and I had a little talk.

19.

「愛梅，現在妳是我的奴隸了。」小巴掌厲聲威脅道，那粗啞詭異的聲音聽得我不寒而慄。

我回瞪著它，無法反應。

我盯著那對炯亮的藍眼和大紅唇上的獰笑。

「妳念出那句古文後，我便活過來了。」木偶喃喃說道：「現在妳將會服侍我，我叫妳做什麼妳就得做什麼。」

「才不要！」我終於擠出一句話：「不要！求求你——！」

「由不得妳！」它大聲說，咧嘴笑得木頭腦袋上上下下的點來點去。

「愛梅！妳現在是我的奴隸了！永遠是我的奴隸！」

「我不……不要！」我結結巴巴的說。「你不能強迫我……」我的聲音卡在喉嚨裡，兩腿軟得有如橡皮，膝蓋撞在一起，差點沒跌倒。

小巴掌抬起一隻手抓住我的手腕，我感到冰冷的木手緊緊扣住我。「妳得照我的話去做——從現在開始。」木偶低聲說：「否則……」

「放開我！」我大叫，掙扎著抽回自己的手，可是它抓得太緊了。「否則怎麼樣？」我問。

「否則我就毀掉妳老姊的壁畫。」小巴掌回答。它的笑意更深了，冷酷的眼睛對我射著晶光。

「有什麼了不起，」我嘀咕說：「你眞的以爲你若是破壞她的畫，我就會當你的奴隸嗎？莎拉的房間反正已經被你毀了，那不表示我就會當你的奴隸！」

「我會繼續破壞的。」小巴掌回答，同時加重手勁，將我拉向它。「也許我會開始把妳老弟的東西也搗壞，那麼，他們就會怪到妳頭上了，愛梅。所有的黑鍋都會由妳來背。」

這句英文怎麼說

所有的黑鍋都會由你來背。
You will be blamed for it all.

「住手——」我大叫著想掙開手。

「妳爸媽已經在擔心妳了——不是嗎，愛梅？」小巴掌用粗啞冷漠的聲音啐道：「妳爸媽已經覺得妳瘋了！」

「住口！求求你！」我哀求道。

「等妳開始把家裡所有東西弄壞時，妳認爲他們會怎麼想？」小巴掌問：「妳想他們會怎麼對待妳，愛梅？」

「聽我說！」我尖叫道：「你不可以——」

它用力扯著我的手。「他們會把妳送走的！」它眼神狂亂、聲音粗厲：「妳爸媽一定會這麼做的。他們會把妳送走，妳就永遠見不著他們了——只有探親日例外！」

它仰起頭，發出一串駭人的高笑。

我喉嚨發出低吟，全身嚇得直打哆嗦。

小巴掌把我拉得更近了。「妳會是個很棒的奴隸，」它在我耳邊呢喃道：「妳和我會一起愉快的度過很多年，妳的一生都將奉獻給我。」

「不！」我叫道：「不，我不會的！」我重重的吸了口氣，然後使盡吃奶的力氣揮動手臂。

小巴掌沒料到我會來這招。

它來不及鬆開我的手腕，便被我拉了過來。

我將它舉離地面，小巴掌嚇得發出低吼。

它只是個木偶而已，我告訴自己。只是個木偶，我可以應付它，可以打敗它的。

它鬆開我的手腕。

我一低身，用雙手抓住它那對沒有骨頭的臂膀，一甩肩，將它從背上甩出去。小巴掌重重的趴跌在地上，頭在地板上敲出好大的聲音。

我喘著氣，心跳急亂，然後撲過去。

我可以應付它，可以打敗它。

我試著用膝蓋把它壓在地上。

可是它轉開去，以難以置信的驚人速度七手八腳的爬起來。

這句英文怎麼說

痛楚穿透我全身。
Pain shot down my body.

它的木拳向我揮來，我大叫一聲。
我想避開，可是它的動作實在太快了。
它沉重的拳頭擊中我的額頭。
我覺得臉都快炸了，痛楚穿透全身。
所有的東西瞬間全變成了豔紅色。
我摀著頭，狼狽萬分的朝門口倒去。

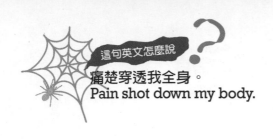

20.

我可以應付它，可以打敗它。我心裡不斷重複這句話。

我眨眨眼，抬起頭，不肯就此放棄。

在一片紅光中，我抬起雙手。

我抓住小巴掌的手腕，將它往下扯。

我顧不得腫痛的額頭，一把將它摜到地上。

它奮力踢踹，雙手對著我亂揮，企圖再給我一記老拳。

可是我用膝蓋頂住它的身體，然後抓住那對亂舞的手，扣到地板上。

「放手，奴隸！」它尖叫：「我命令妳——放手！」它掙扎著扭動身體。

我偏偏死抓著不放。

這句英文怎麼說

我心裡不斷重複這句話。
The words repeated in my mind.

它慌亂的四下張望，木製的下巴開了又闔、闔了又開，一邊扭動著身體想掙脫我。

「我命令妳放手，奴隸！妳沒有選擇了！妳必須聽我的命令！」

我不理會它的雞貓子亂叫，把它的臂膀拽到它背後，緊緊扣住，然後爬站起來。小巴掌想用鞋子踢我，不過我鬆開手，反過來抓住它的腳。

我把它倒吊起來，小巴掌的頭再次重重敲在地上。

它似乎一點也不覺得痛。

「放手！放手，奴隸！妳會得到報應的！妳會死得很慘！」它尖聲罵道，同時狂舞著手臂。

我重重喘著氣，將小巴掌拖過地毯——把它扔進打開的衣櫥裡。

它迅速一撲，企圖逃走。

可是我把門摔到它臉上，然後鎖上。

我鬆了口氣，背靠著衣櫥門，努力喘氣。

「放我出去！妳不可以把我關在這裡！」小巴掌咆哮著。

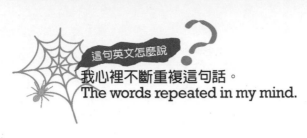

它開始用力敲門，又用腳踢了起來。

「我會把門打破！妳等著看吧！」它威脅道，然後更加使勁的敲打。碩大的木手「碰、碰、碰」的擊著木門。

我轉過身，看到門已經開始搖晃了。

我看小巴掌眞的會把門給敲開！

我該怎麼辦？現在該做什麼？

我強自鎮定，努力釐清紛亂的思緒。

小巴掌狂怒的踢著門。

我決定去搬救兵。

我衝到走廊上，看到爸媽寢室的門關著，我該不該把他們叫醒？

不行，他們不會相信我的話。

等我把他們拖到房裡時，小巴掌一定會靜靜不動的軟癱在衣櫥門口，那麼爸媽就會更生我的氣了。

我想到莎拉。也許我可以說服她，也許莎拉肯聽我的話。

這句英文怎麼說

我強自鎮定，努力釐清紛亂的思緒。
I tried to fight back my panic, struggled to think clearly.

她的門開著，我衝進她房裡。

莎拉站在壁畫前，手裡拿著畫筆，正給海灘塗上黃色顏料。

莎拉轉身看著衝進房裡的我，臉色一變，「愛梅，妳想做什麼？」她問。

「妳……妳一定得相信我！」我氣急敗壞的說，「我需要妳幫忙呀！那些惡行劣蹟都不是我做的，真的不是，莎拉，是小巴掌。拜託妳——相信我好嗎？是小巴掌呀！」

「是的，我知道。」莎拉平靜的說。

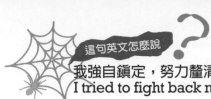

21.

「啊？」我下巴開開，驚訝不已的望著我家老姊。

「妳剛才說什麼？」

莎拉放下畫筆，兩手在灰色工作服上擦了擦。「愛梅——我知道是小巴掌幹的。」她低聲說。

「我……我……」我實在嚇到不會說話了。「可是……莎拉……妳……」

「對不起，我真的很抱歉！」她激動的說，然後走過來兩手一環，將我緊緊抱住。

我還是無法相信她剛才的話，我的頭都昏了。

我輕輕推開莎拉。「妳……一直都知道這件事嗎？妳知道是小巴掌幹的，而

這句英文怎麼說

我還是無法相信她剛才的話。
I still didn't believe what she had said.

不是我？」

莎拉點點頭。「那天晚上我醒來，聽見房裡有人。我假裝睡著，可是其實半睜開眼睛。」

「然後呢？」我問。

「我看見小巴掌。」莎拉垂下頭坦承道：「我看見它拿著畫筆，看到它在我牆上塗滿『愛梅、愛梅、愛梅、愛梅』的字樣。」

「可是妳卻沒告訴爸媽？」我大聲問。「妳讓他們以爲是我做的？而其實妳一直都知道事實？」

莎拉一直不敢抬起眼來，她的黑髮蓋在臉上，莎拉緊張的用手快速將頭髮撥回去。

「我……我當初不願相信哪。」她坦白說：「我不願意相信木偶可以自己走路，木偶會……會是活的。」

我生氣的看著她，「所以呢？」

「所以我只好指責妳了。」莎拉嗚咽道：「我想是因爲實情太駭人了吧，我好怕呀，愛梅，我寧可相信那些事是妳做的，我想假裝不是小巴掌弄的。」

「妳想把我害慘啊！」我指責她：「所以妳才會講那些話，莎拉，所以妳才會對爸媽說謊。妳想害慘我啊！」

她終於抬起頭面對我了。我看到她臉上掛著兩道清淚，「也許是吧。」她喃喃的說。

莎拉拭去淚水，一對綠色眼珠緊盯著我。「我……我想我是有點嫉妒妳。」

「呃？」我又被老姊嚇到了。

我瞄了她一眼，想搞清楚她到底在講什麼。「妳？」我大聲問道：「妳會嫉妒我？」

她點點頭。

「是啊，我想是的。妳做任何事都好容易、好輕鬆。大家都喜歡妳的幽默感，才不像我。」莎拉解釋：「我只能靠畫圖讓人喜歡。」

我張大了嘴，可是半點聲音也發不出來。

這眞是世紀大驚奇，莎拉竟然會嫉妒我？

這句英文怎麼說

難道她不知道我有多嫉妒她嗎？
Didn't she know how jealous I was of her?

難道她不知道我有多嫉妒她嗎？

我突然胸口一熱，眼淚盈眶，激動的情緒如潮水般將我淹沒。

我衝上前抱住莎拉。

後來不知怎麼著，我們兩個突然一起大笑了起來，我無法理解爲什麼會這樣，我們站在房間中央，笑得跟神經病一樣。

我想我們都很高興終於能一吐爲快吧。

接著小巴掌的臉閃過我的腦海，我心一涼，這才想到自己剛才跑到老姊房裡的目的。

「妳得幫我忙。」我告訴她：「現在就得幫。」

莎拉收起笑容問：「幫妳什麼？」

「我們得甩掉小巴掌。」我告訴她：「永遠甩掉它。」

我拉著她的手，莎拉隨我來到走廊上。

「可是——要怎麼做？」她問。

我們倆一踏進我房間，便立刻齊聲大叫。

我們聽到最後一踢——接著櫥子的門便開了。

小巴掌衝出來，眼中盡是怒火。

「如何啊，奴隸們？」它啞聲說：「小巴掌贏了！」

這句英文怎麼說

小巴掌衝出來，眼中盡是怒火。
Slappy burst out, his eyes wild with rage.

22.

「抓住它！」我對老姊喊道。

我兩手一探，奮不顧身的向小巴掌撲過去，可是它快速地往旁邊一閃，避開我的攻擊。

它的藍眼因興奮而發亮，紅嘴扭成一抹難看的笑容。

「放棄吧，奴隸們！」它喊道：「妳們鬥不過我的！」

莎拉往後退開，用手扶著門框，眼神驚恐不已。

我又去抓小巴掌，可是仍然沒抓到。

「莎拉——幫幫我呀！」我求她。

莎拉往房裡踏了一步。

我跳到小巴掌身邊，抓住它一隻腳踝。

小巴掌低吼一聲，掙脫我的手，奔向門口——朝莎拉撞過去。

他們這麼一撞，都撞得昏頭轉向。

莎拉向後踉蹌幾步。

小巴掌搖搖欲倒。

我往它身上一撲，抓住它的臂膀扭到背後。

它奮力扭動，拚命亂踢。可是莎拉抓住它那兩隻大皮鞋。

「把它綁成死結！」莎拉上氣不接下氣的喊道。

小巴掌又踢又跳。

可是我們死抓住不放。

我扭著它背後的手，將兩隻手扭呀扭，盡可能的綁成死結。

小巴掌拚命掙扎，大聲哀叫，木製的下巴「卡、卡、卡」的敲響。

等我綁好後抬眼一瞧，發現莎拉也已經把那對木腿綁死了。

小巴掌仰著頭，憤怒的發出長嘯，它的眼球滑入頭顱裡，只看得到白色的部

這句英文怎麼說？

把它綁成死結！
Tie him in a knot!

分了。「放我下來，死奴隸！立刻放我下來！」

我從床頭桌上抓了一捲衛生紙塞到它嘴裡。

小巴掌悶聲抗議，然後便安靜下來了。

「現在該怎麼辦？」莎拉氣喘吁吁的問。「我們該把它放在哪兒？」

我環顧房間，不行，我才不要把它放在我房裡。

我根本不希望它待在我家。

「放外頭。」我告訴老姊，雙手抓著那對打結的臂膀說：「咱們把它丟到外面。」

莎拉用力抓住小巴掌亂動的腿，瞄著時鐘說：「十一點多了，會不會被爸媽聽見？」

「管不了那麼多了！」我大聲說。「快點！把它趕出這裡！我再也不要見到它了！」

我們把小巴掌拖到走廊，爸媽的門還是關著。

很好，我心想。

他們沒聽到我們的打鬧聲。

莎拉扛著它交纏的腿，我則抓著那對麻花臂。

小巴掌已經停止了掙扎，我想它在等著看我們要拿它怎麼辦，那捲衛生紙把它的叫聲堵死了。

我不知道該帶它去哪裡，只知道我想把它趕出家門。

我們帶著小巴掌穿過漆黑的客廳，從前門出來，踏入溽熱如夏的春夜裡。

一輪銀白的月兒低低的垂在藍黑色的天空中。

外頭沒有半點風，萬籟俱寂。

莎拉和我把木偶扛到車道上。

「要不要用腳踏車把它載到別處？」莎拉建議。

「哪有辦法穩穩載著？」我問，「何況天色太暗了，太危險啦。咱們把它帶到幾條街外，隨便找個地方丟掉吧。」

「妳是指垃圾桶之類的嗎？」莎拉問。

我點點頭。「它屬於那裡，屬於垃圾桶。」

這句英文怎麼說

莎拉扛著它交纏的腿。
Sara carried him by the knotted legs.

幸好這蠢木偶不太重，我們走到人行道，扛著它來到街尾。

小巴掌一直垂軟著，眼球轉進頭殼裡。

到了街角，我看到兩圈白光朝我們行來，是車前燈。

「快！」我低聲對莎拉說。

我們及時溜到樹籬後，車子絲毫沒有減速的開過去了。

我們等到紅色的尾燈消失在黑暗中，才繼續扛著小巴掌往下一條街走。

「喂——那邊如何？」莎拉用空下來的手指著說。

我斜眼看著她所指的地方，對街路邊一間黑漆漆的房子前，擺了一排金屬製的垃圾桶。

「看起來不錯。」我說，「我們把它扔進桶子裡，蓋緊蓋子，也許明天清潔隊員就會把它收走了。」

我帶頭過街——然後停下來。「莎拉——等一等。」我悄聲說：「我有個更棒的主意。」

我把木偶拖到街角，指指路邊下的金屬排水管。

「污水管嗎？」莎拉低聲問。

我點點頭，「太完美了。」我可以聽見路邊小洞的深處下，有淙淙流水。

「來吧，把它丟進去。」

小巴掌還是沒動，也沒掙扎。

我把它的頭塞進排水管開口，跟莎拉一起合力將它頭下腳上的扔進去。

我聽到「嘩啦」一聲，然後是木偶敲在污水管底部的重擊聲。

我們兩個仔細聽著，一片沉寂。

接著傳來污水輕輕潺流的聲音。

莎拉和我相視而笑。

我們匆匆趕回家，我是開心的一路跳回去的。

第二天早晨，莎拉和我一起到廚房吃早飯，媽從流理台邊轉過頭，她正在倒咖啡。

傑德已經在餐桌上吃他的玉米片了。

這句英文怎麼說

莎拉和我相視而笑。
Sara and I grinned at each other.

「它在這裡做什麼？」傑德問。
他指著桌子對面。
指著坐在椅子上的小巴掌。

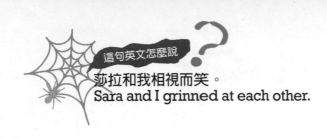

23.

莎拉和我驚呼一聲。「是啊，木偶怎麼會在這裡？」媽問我。「我今天早上下樓時發現它坐在那裡，還有，它怎麼那麼髒？它跑哪兒去了，愛梅？」

我差點講不出話來。「我……嗯……我想它大概摔倒了吧。」我終於吞吞吐吐的說了這句話。

「把它帶到樓上吧。」媽命令道：「它不是應該擺在衣櫃裡的嗎——你還記得吧？」

「呃……是啊，我記得。」我嘆道。

「待會兒妳得把它洗乾淨。」媽攪動著咖啡說：「它看起來好像泡過泥漿。」

「好啦。」我虛弱的回答。

這句英文怎麼說

這天過得極為漫長。
The day dragged by.

我把小巴掌抱起來扛在肩上，然後往自己房間走。

「我……我陪妳去。」莎拉結巴的說。

「爲什麼？」媽問，「坐下，莎拉，乖乖吃妳的早餐，你們兩個都快遲到了。」

莎拉順從的坐到傑德對面，我則往走廊踱去。

走到半途時，小巴掌抬起頭在我耳朵邊低聲說：「早安，奴隸，妳昨晚睡得好嗎？」

我把它扔進衣櫥裡，鎖上門，聽見它在裡面大笑。那邪惡的笑聲讓我渾身起疙瘩。

現在我該怎麼做？我問自己。

怎麼做才能把這個怪物解決掉？

這天過得極爲漫長，老師說的話我一個字也沒聽進去。

我沒辦法將小巴掌惡毒的笑臉從腦海中驅離，它粗暴的聲音一直在我耳邊迴盪。我絕不當你的奴隸！我默默發誓。我要把你趕出家門——趕出我的生命——

我要不計一切手段！

當天晚上，我兩眼睜著躺在床上。知道那個壞木偶就坐在離我幾呎外的衣櫥裡，我怎麼可能睡得著嘛！

今晚又溼又熱，我把窗戶全部打開了，可是半縷微風也沒有。一隻蒼蠅在我頭邊嗡嗡亂飛，這是今年春天的第一隻蒼蠅。

我看著映在天花板上各種奇形怪狀的陰影，揮手將蒼蠅趕開。那嗡嗡聲一消失，另一種聲音立即取而代之。

「喀」的一聲，接著「咿咿呀呀」。

衣櫥的門開了。

我從枕頭上抬起頭，往黑暗中瞧去，看見小巴掌從衣櫥裡溜出來。

它窸窸窣窣走了幾步，一對大鞋靜靜滑過房間地毯，然後轉過身。

它是要到我床邊嗎？

不是。

它的頭和肩膀隨著移向門口的步子上下晃動，然後便到走廊上了。

我知道它要去莎拉的房間。
可是它想去那邊做什麼？
難道它打算報復我們昨晚對它的所作所爲嗎？
它還想幹出什麼重大惡行？
我將腳垂放到地板上，爬下床，跟著它來到走廊。

這句英文怎麼說

它還想幹出什麼重大惡行？
What new horror was he going to create?

24.

我的眼睛很快適應了走廊另一頭昏黃的夜燈，我看著小巴掌朝老姊房間晃過去，像影子一樣無聲的走動。

我屏住氣，背貼著牆跟在它後面。當它轉進莎拉房裡時，我離開牆面開始奔跑。我及時趕到臥房門口，看到小巴掌從莎拉桌上拿起一枝大畫筆，對著壁畫欺近一步，又一步。

接著另一個小小的人影從黑暗中衝出來。

燈一下子亮了。

「丹尼斯！」我大叫。

「退回去！」丹尼斯用高尖的聲音喝令道。

這句英文怎麼說

燈一下子亮了。

The lights flashed on.

它頭一低，衝向小巴掌。

莎拉從床上坐起，嚇得高聲大叫。

我看到她一臉驚恐。

丹尼斯往小巴掌身上一撲，用頭去撞小巴掌的肚子。

小巴掌「啊」的慘叫一聲，搖搖晃晃的退開倒下去了。

小巴掌的後腦勺撞在莎拉鐵鑄的床柱上，「碰」的一聲巨響。

一顆頭頓時裂成兩半，我抬手摀住臉，發出驚呼。

那顆木頭腦袋從中間裂開。

我看到小巴掌的惡臉「啪」的裂掉，驚恐圓瞠的眼睛朝不同的方向斜去，紅紅的嘴唇也跟著裂開。

它的頭斷成兩半掉在地上，接著身體也在頭旁邊倒臥下來。

我的手還摀著臉，心臟咚咚亂跳，我往房裡走進幾步。

丹尼斯從我旁邊竄過去，跑到走廊上。

可是我的眼睛只是緊盯著小巴掌那兩片頭，驚駭的看著一條白色的大蟲從其中一片頭殼中爬出來。

肥白的大蟲不停的往牆上蠕動——然後鑽進牆裡消失不見了。莎拉從床上下來，呼吸沉重，臉龐因興奮而發紅。

衣櫥的門開了，爸媽從裡面跳出來。

「孩子們——妳們還好嗎？」爸大聲的問。

我們點點頭。

「我們看到整個過程了！」媽大聲的說，一把將我抱住。「愛梅，我眞是太對不起妳、太對不起妳了。我們應該相信妳的話的，眞抱歉，我們竟然不信。」

「現在我們相信了！」爸爸望著小巴掌那顆破頭及癱瘓的身體說：「這一切我們都看到了！」

其實事情早就計劃好了，是莎拉和我在晚餐前擬好的辦法。

莎拉說服爸媽躲到衣櫥裡，爸媽非常憂心我的行爲，因此什麼都願意配合。

然後莎拉佯裝睡著，爸媽則躲在衣櫥裡。

我故意沒鎖衣櫃的門，好讓小巴掌更容易溜出來。

這句英文怎麼說

我們料到小巴掌一定會大吃一驚。
We knew that would shock Slappy.

我知道小巴掌會摸進莎拉房裡，知道爸媽最後一定會明白我並沒發瘋。接下來，傑德會打扮成丹尼斯的模樣衝出來，他將丹尼斯的頭頂在高領毛衣上。

我們料到小巴掌一定會大吃一驚，這樣我們就可以趁機抓住它了。

可是我們沒料到傑德會幹得如此漂亮，沒想到他竟然眞的把那個邪惡的木偶解決掉了。

誰知道小巴掌的頭竟然會裂開，我們的運氣實在太好了。

「嘿——傑德人呢？」我四下搜尋房間說道。

「傑德？傑德？」媽媽喊道：「你在哪兒呀？你做得太好啦！」

沒人回答。也不見我老弟的蹤影。

「奇怪了。」莎拉搖著頭喃喃的說。

大家一起沿著走廊來到傑德的房間。

我們發現他還躺在床上，睡得極香極沉。

他迷迷糊糊的從枕頭上抬起頭，瞇眼看著我們。「幾點啦？」他睡眼惺忪的問。

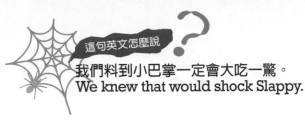

「噢，糟糕！」傑德大叫一聲坐起來。「對不起啦！我忘記起床了！我得去打扮成丹尼斯的樣子！」

我感到背脊一陣麻涼，轉頭看著爸媽。

「剛才跟小巴掌對打的是誰？」我問：「是誰跟小巴掌打鬥的？」

這是一個禮拜中最重要的一晚。
It's the most important night of the week.

分享之夜我的麻煩最大。
I'm the one with the most problems on Family Sharing Night.

莎拉盤腿坐在我椅邊的地毯上。
Sara sat cross-legged on the carpet beside my chair.

我已經用丹尼斯練了一整個星期了。
I'd been practicing with Dennis all week.

你答應過要買新木偶給我的！
You promised you'd buy me a new dummy!

我率先沿著走廊走去。
I led the way down the hall.

別偷跑進來破壞我的作品！
Don't sneak in here and mess up my work!

莎拉很寶貝她的畫作。
Sara is so stuck-up about her paintings.

瑪歌的爸爸叫她別再講電話了。
Margo's dad made her get off the phone.

我把翻動的窗簾拉開。
I pushed away the billowing curtains.

你知道莎拉有多重視她的作品。
You know how seriously Sara takes her paintings.

真正的麻煩從那時才開始。
That's when the real trouble began.

我的五音沒有半個是全的。
I can't carry a tune in a wheelbarrow.

表演給小孩看一定很有意思。
You'd have fun performing for the kids.

我將它舉起來仔細檢視。
I held him up, examining him carefully.

我用雙手摀住嘴。
I covered my mouth with both hands.

我把黃色的小方紙抽出來。
I pulled out the same square of yellow paper.

它的眼睛只會左右轉動。
The eyes only move from side to side.

那是我給自己的解釋。
That's how I explained it to myself.

我試著用小巴掌表演一些簡單的笑話。
I tried some knock-knock jokes with Slappy.

我的數學要能拿 C 就算走運了。
I'd be lucky to get a C in math.

莎拉還在談美術大賽的事。
Sara was still talking about the art competition.

媽自願先表演。
Mom volunteered to go first.

笑話我都倒背如流了。
I knew the jokes by heart.

傷害別人的感情一點都不好玩。
It's not funny to hurt people's feelings.

你真的覺得那樣很好笑嗎？
Did you really think that was funny?

現在我要你向你媽媽和我道歉。
Now I want you to apologize to your mother and me.

我們每次都被迫稱讚她有多麼優秀。
We both had to tell her how wonderful she was each time.

爸媽一定不會採信的。
No way Mom and Dad would buy that one.

卡爾森小姐在單子下方寫了一些評語。
Miss Carson wrote a note at the bottom.

我的馬克筆全都沒水了。
My markers were all dried up.

媽憤怒的瞇起眼看著我老弟。
Mom narrowed her eyes angrily at my brother.

難道每個人都是這樣看我的？
Is that what everyone thinks of me?

我不是把它轉過去了嗎？
Did I turn him back around?

全家人聚集在客廳裡。
The whole family gathered in the living room.

他不太敢惹我，跟我保持距離。
He kind of tiptoed around me and kept his distance.

我想三歲的小鬼頭一定會笑翻天的。
I thought that would really crack up the three-year-olds.

她領著我穿過曲折的走廊。
She led me through the twisting hallway.

我們得叫大家坐好看表演了。
We have to get everyone in their seats for the show.

我試著扳開它的手指。
I tried pulling the fingers open.

我衝進屋裡，任紗門在後面砰的摔上。
I burst into the house and let the screen door slam behind me.

天空開始飄起細雨。
A light rain had started to come down.

去把自己整理一下吧。

Get yourself cleaned up.

熄燈前，我看了一下衣櫥的門。

Before I turned out the light, I glanced at the closed door.

我突然發現每個人都在瞪我。

I suddenly realized that everyone was staring at me.

你知道這樣做有多惡劣嗎？

Do you realize how bad this is?

傑德的竊笑打破了沉寂。

Jed's giggle broke the silence.

毛尖上的紅顏料越變越模糊。

The red paint on the bristles blurred.

我一整天都不准出房門。

I'm not allowed out of my room all day.

我們能不能換個話題？

Can we change the subject?

我才不要承認沒犯下的罪行呢。

I wasn't going to confess to a crime I didn't do.

他們不時瞄著桌子對面的我。

They kept glancing over the table at me.

他的睡褲有一管捲起來了。

One leg of his blue pajama pants had rolled.

我聽他拖著步子回到他房間。

I listened to him pad back to his room.

厚重的皮鞋滑過我的地毯。

The heavy leather shoes slid over my carpet.

我藉著昏黃的光線偷窺它。

I peered through the dim yellow light at him.

我看見她盯著我手上的畫筆。
I saw her eyes stop at the paintbrush in my hand.

我聽見小巴掌從衣櫥裡溜出來。
I heard Slappy sneak out of the closet.

我用餐巾紙把葡萄汁擦掉。
I wiped the grape juice off with a napkin.

我不希望大家竊竊的談論我。
I didn't need everyone whispering about me.

咱們倆該好好談談了。
It's time you and I had a little talk.

所有的黑鍋都會由你來背。
You will be blamed for it all.

痛楚穿透我全身。
Pain shot down my body.

我心裡不斷重複這句話。
The words repeated in my mind.

我強自鎮定，努力釐清紛亂的思緒。
I tried to fight back my panic, struggled to think clearly.

我還是無法相信她剛才的話。
I still didn't believe what she had said.

難道她不知道我有多嫉妒她嗎？
Didn't she know how jealous I was of her?

小巴掌衝出來，眼中盡是怒火。
Slappy burst out, his eyes wild with rage.

把它綁成死結！
Tie him in a knot!

莎拉扛著它交纏的腿。
Sara carried him by the knotted legs.

莎拉和我相視而笑。
Sara and I grinned at each other.

這天過得極為漫長。
The day dragged by.

它還想幹出什麼重大惡行？
What new horror was he going to create?

燈一下子亮了。
The lights flashed on.

我們料到小巴掌一定會大吃一驚。
We knew that would shock Slappy.

給你一身雞皮疙瘩！

小心雪人
Beware, the Snowman

這裡的雪人，怪怪的……

賈西琳跟桂塔阿姨搬到了一個叫「雪比亞」的地方，
在這裡，沒有電影院、沒有購物中心，什麼都沒有，
而且最詭異的是，到了夜裡，村中會聽到奇怪的嚎叫聲，
家家戶戶門口都有個圍著紅圍巾，臉上刻著深疤，
笑容詭異的怪雪人。這個邊陲小鎮似乎隱藏了一個
跟巫師有關的祕密，但每個人都絕口不談……

恐怖塔驚魂夜
A Night in Terror Tower

恐怖塔神祕事件，再度重演！?

蘇和弟弟艾迪來到倫敦觀光，
卻在有著數百個房間的陰森古塔中迷路了！
入夜後，外頭傳來令人毛骨悚然的聲響，
還有一個奇怪又恐怖的人追趕著他們……
更詭異的是，他們發現周遭的一切都不對勁了！

每本定價 199 元

雞皮疙瘩系列 14

木偶驚魂 II

國家圖書館出版品預行編目 (CIP) 資料

木偶驚魂 . II / R.L. 史坦恩 (R.L. Stine) 著 ; 柯清心譯 .
-- 2 版 . -- 臺北市 : 商周出版 : 家庭傳媒城邦分公司發行 ,
民 104.11 176 面 ; 14.8x21 公分 . -- (雞皮疙瘩系列 ; 14)
譯自 :Night of the Living Dummy II
ISBN 978-986-272-905-2(平裝)
874.59 104020138

原著書名——Night of the Living Dummy II
原出版社——Scholastic Inc.
作　　者——R.L. 史坦恩（R.L.STINE）
譯　　者——柯清心
責任編輯——劉枚瑛、何若文
文字編輯——林慧雯

版　　權——翁靜如、吳亭儀
行銷業務——林彥伶、石一志
總 編 輯——何宜珍
總 經 理——彭之琬
發 行 人——何飛鵬
法律顧問——台英國際商務法律事務所 羅明通律師
出　　版——商周出版
臺北市中山區民生東路二段 141 號 9 樓
電話：(02) 2500-7008 傳真：(02) 2500-7759
E-mail：bwp.service @ cite.com.tw
發　　行——英屬蓋曼群島商家庭傳媒股份有限公司城邦分公司
臺北市中山區民生東路二段 141 號 2 樓
讀者服務專線：0800-020-299 24 小時傳真服務：(02)2517-0999
讀者服務信箱 E-mail：cs @ cite.com.tw
劃撥帳號——19833503 戶名：英屬蓋曼群島商家庭傳媒股份有限公司城邦分公司
訂購服務——書虫股份有限公司客服專線：(02)2500-7718；2500-7719
服務時間：週一至週五上午 09:30-12:00；下午 13:30-17:00
24 小時傳真專線：(02)2500-1990；2500-1991
劃撥帳號：19863813 戶名：書虫股份有限公司
E-mail：service@readingclub.com.tw
香港發行所——城邦（香港）出版集團有限公司
香港 灣仔 駱克道 193 號東超商業中心 1 樓
電話：(852) 2508-6231 傳真：(852) 2578-9337
馬新發行所——城邦（馬新）出版集團
Cité(M) Sdn. Bhd. 41, Jalan Radin Anum,
Bandar Baru Sri Petaling, 57000 Kuala Lumpur, Malaysia.
電話：(603)9057-8822 傳真：(603)9057-6622
商周出版部落格——http://bwp25007008.pixnet.net/blog
政院新聞局北市業字第 913 號

美術設計——王秀惠
印　　刷——卡樂彩色製版有限公司
經 銷 商——聯合發行股份有限公司 新北市 231 新店區寶橋路 235 巷 6 弄 6 號 2 樓
電話：(02)2917-8022 傳真：(02)2911-0053

■ 2004 年（民 92）12 月初版
■ 2019 年（民 108）05 月 21 日 2 版 2 刷
■ 定價 / 199 元

ISBN 978-986-272-905-2

Printed in Taiwan
城邦讀書花園
www.cite.com.tw

廣 告 回 函
北區郵政管理登記證
台北廣字第000791號
郵資已付，免貼郵票

104 台北市民生東路二段 141 號 9 樓
城邦文化事業（股）有限公司
商周出版 收

請沿虛線對摺，謝謝！

Goosebumps 雞皮疙瘩

商周出版

書號：BG7054　書名：木偶驚魂 II　編碼：

請於此處用膠水黏貼

商周出版

讀者回函卡

謝謝您購買我們出版的書籍！請費心填寫此回函卡，我們將不定期寄上城邦集團最新的出版訊息。

姓名：________________ 性別：□男 □女

生日：西元 ______ 年 ______ 月 ______ 日

聯絡地址：________________

聯絡電話：________________ 傳真：________________

E-mail：________________

學歷：□1.小學 □2.國中 □3.高中 □4.大專 □5.研究所以上

職業：□1.學生 □2.軍公教 □3.服務 □4.金融 □5.製造 □6.資訊
□7.傳播 □8.自由業 □9.農漁牧 □10.家管 □11.退休 □12.其他
____

您從何種方式得知本書消息？
□1.書店 □2.網路 □3.報紙 □4.雜誌 □5.廣播 □6.電視 □7.親友推薦
□8.其他 ________________

您在哪裡購買本書？
□1.金石堂（含金石堂網路書店） □2.誠品 □3.博客來 □4.何嘉仁
□5.其他 ________________

您喜歡閱讀的小說題材是？
□1.浪漫 □2.推理 □3.恐怖 □4.歷史 □5.科幻/奇幻 □6.冒險
□7.校園 □ 8.其他 ________________

您最喜歡的小說作家？
華人：________________ 國外：________________

最近看過最好看的小說是哪一本？
____

請於此處用膠水黏貼

Goosebumps®

Goosebumps®